Méthode de Correspondance Internationale

LA
LANGUE NUMÉRIQUE

PAR

HUGO D'ALÉSI

Moyen pratique de correspondre

AVEC LE MONDE ENTIER

sans connaître aucune langue étrangère

PARIS
—
1901

Préface

Le rêve d'une langue universelle remonte haut, puisque le célèbre Galien, qui ne fut pas seulement médecin de génie mais encore grammairien, géomètre, philosophe, et curieux de toutes choses, tenta, dit-on, de le réaliser. Et sans doute il n'était pas le premier. Le premier dut être quelque vieux sage un peu chimérique, deux ou trois siècles après Babel.

Mais il faut arriver au XVIe siècle pour rencontrer un savant qui ait sérieusement étudié la question : le père Herman Hugo, dans son traité *De prima scribendi origine et universa rei litterariæ antiquitate*.

Depuis lors, une foule d'esprit ingénieux, parmi lesquels deux hommes de génie — Descartes et Leibnitz — ont essayé de résoudre ce difficile problème. Il faut citer à part l'*Essai d'un caractère graphique réel et d'une langue philosophique* par l'évêque anglais Wilkins, véritablement fort curieux.

Ces essais d'un langage international se sont multipliés en même temps que les relations entre les peuples. Au siècle dernier, Michaëlis, Faiguet, de Maincieux, Wolke, Water imaginèrent divers systèmes, tous semblables par l'insuccès. Dans notre siècle : Hourvitz, Natter, Grosselin, Renzi, Bazin, Vidal, Letellier, Rambosson, Sotos Ochando, Edmonds, de Rudelle, Von Goblentz, Sinibaldo de Mas, Aldrick, Caumont, Le Hir, Sudre, Bachmair, Stewart, Damm. Schleyer (l'inventeur du Volapuck), Baranowski, Courtonne, Agnus, Maldant, Zamenhoff-Esperanto, Henderson, Juraj Bauer.

Bolac et maints autres ont essayé de réaliser ce rêve séduisant et décevant.

Il y a certainement autant de langues internationales que d'idiômes nationaux ! Et l'ardeur des inventeurs ne fut jamais si grande, jamais l'idée ne fut plus dans l'air qu'en ce moment.

Toutes ces tentatives n'ont jamais eu et ne sauraient avoir qu'un intérêt de curiosité. Les raisons physiologiques et psychologiques qui rendent la diversité des langues fatale et nécessaire et s'opposent invinciblement à la création de toutes pièces d'une langue fixe, sans déterminabilité, sont si connues et si évidentes qu'on nous dispensera d'y insister. Il suffit de faire apercevoir qu'une langue automatique de cette sorte, même confectionnée avec perfection, serait bien plus vite oubliée qu'apprise si on ne la parlait fréquemment. D'autre part, les différences de prononciation rendraient les hommes des divers pays aussi inintelligibles entre eux dans ce langage que dans leurs idiômes respectifs.

C'est ce qui se produit avec le latin, qui fût et est encore, dans une certaine mesure, la langue internationale des lettrés. Un Français est hors d'état de reconnaître le célèbre vers des Eglogues :

Tityre tu patulœ recubans sub tegmine fagi.
en l'entendant prononcer par un Anglais : *taï taï ri tiou petiouli...*

***

Faut-il donc renoncer à un mode d'expression universel? Le progrès de la civilisation, la facilité toujours croissante des communications et des voyages, l'élargissement des affaires, qui rend toute grande entreprise internationale par ses souscripteurs, la multiplicité des transactions intellectuelles et commerciales, des communautés d'intérêts politiques et de revendications entre classes et partis des divers pays augmentent de plus en plus les relations de peuple à peuples. Les habitants du monde ainsi rapprochés, avec tant de facilités et de nécessités de correspondre, resteront-ils aussi distants par le langage, murés dans leurs idiòmes nationaux?

On répugne invinciblement à le croire, car il y a là une contradiction manifeste et choquante.

*
* *

Une langue universelle *parlée* est chimérique, c'est une évidence.

Mais une langue universelle *ecrite* est possible. C'est là, c'est du côté du graphisme qu'il fallait chercher la solution de la difficulté, et qu'elle vient d'être découverte par un des esprits les plus ingénieux de ce temps.

M. Hugo d'Alési est une personnalité artistique bien connue. Cosmopolite, parlant parfaitement six langues, il avait réfléchi souvent à ce problème d'une langue universelle qui semble hanter à cette heure tous les esprits. Il imagina même un système philologique plein de simplifications ingénieuses; mais à mesure qu'il avançait dans ce travail, M. d'Alési se rendait mieux compte de l'impossibilité d'arriver à un résultat pratique. Il se tourna vers le graphisme, et chercha d'abord, comme Wilkins et plusieurs autres, du côté des signes idéographiques.

Il n'est pas extrêmement malaisé d'imaginer une suite de caractères hiéroglyphiques, symboliques ou non, pareils à ces tribunols chinois au moyen desquels les habitants des diverses provinces du Céleste-Empire correspondent, malgré la différence des dialectes. Mais une écriture de cette sorte, forcément limitée et incomplète, est, de plus, difficile à apprendre et longue à tracer. Enfin, pour des peuples d'affaires et de communications rapides comme nous, qui usons autant du télégraphe que de la poste, un pareil moyen de correspondre a le tort grave de ne pouvoir être employé télégraphiquement.

De simplification en simplifications, M. Hugo d'Alési en vint à l'idée d'utiliser les chiffres arabes, les plus simples des signes idéographiques, pour représenter les mots. Représenter chaque mot par un nombre, le même nombre correspondant au même mot dans toutes les langues, tel est le principe de la méthode de correspondance internationale appelée Langue Numérique.

A s'en tenir là, on aurait eu un moyen de correspondance fort commode et fort complet mais qui n'eut abouti pourtant qu'a une sorte de jargon nègre. Perfectionnant son invention, M. d'Alési a marqué les temps des verbes par un procédé aussi simple qu'ingénieux. Le nombre qui exprime le verbe est suivi d'un chiffre auxiliaire qui en indique le temps. En le faisant précéder du chiffre du pronom (1. je, 2. tu, 3. il, 4. nous, 5. vous, 6. ils ou elles) on conjugue entièrement les verbes.

Exemple : 1.1196.1 *j'aime*, 2.1196.2 *tu aimeras*, 4.7754.3 *nous avons surveillé*, 5.7610.8 *vous auriez souffert*.

Ainsi la langue numérique est non seulement fort claire mais parfaitement correcte, et même susceptible d'élégance littéraire. Des nombres spéciaux, donnés aux locutions proverbiales de toutes les langues, en facilitent le maniement.

Son grand mérite est sa simplicité, telle qu'on s'étonnera certainement, comme pour l'œuf de Colomb, que nul n'y ait déjà pensé.

Contrairement à tous les systèmes analogues, elle ne nécessite aucune étude. Après une demi-heure d'application n'importe qui peut s'en servir. Les chiffres arabes sont familiers à tous les peuples et ceux qui ne les connaissent pas n'auront que dix signes à apprendre au lieu de toute une écriture. Ils offrent de plus le grand avantage d'être acceptés par le télégraphe, de sorte qu'on peut télégraphier sans difficulté en langue numérique.

On voit qu'il était difficile d'imaginer rien de plus pratique et de plus simple.

Armés chacun de son dictionnaire — français-numérique, anglo-numérique, sino-numérique, etc. — les hommes des divers peuples pourront désormais correspondre sans interprètes, sans intermédiaire, rapidement, aisément.

Nul doute qu'il en résulte un progrès considérable non seulement au point de vue de la facilité et de l'extension des affaires, mais encore dans la cordialité des relations internationales.

Déjà, à quelque pays qu'ils appartiennent, tous les hommes d'une certaine culture fraternisent en matière de science, d'art, de littérature, d'intérêts de classes, de sport, etc. Il ne manque peut être aux divers peuples que de se comprendre pour s'entendre et cela est si probable que l'énonciation de cette idée semble un *truisme*. Il faut donc féliciter grandement l'inventeur de la Langue Numérique d'avoir imaginé, en même temps qu'une écriture fort commode, un outil de civilisation très puissant.

George MALET.

LA LANGUE NUMÉRIQUE

Le principe de la langue numérique est de désigner chaque mot par un nombre.

Il est cependant des mots auxquels nous avons affecté plusieurs numéros à cause des diverses significations qu'ils présentent et parce que la traduction s'en fait, dans les autres langues, par différents vocables.

Par exemple : le mot « action » signifie en Français :

1° Acte en général (une belle action); 2° Véhémence (parler avec action); 3° Poursuite en justice (intenter une action contre quelqu'un); 4° Part de bénéfices (Actions d'une Société).

Ce mot ce traduit en Allemand :

1° Par *Handlung* ; 2° par *Feuer* ; 3° par *Klage* ; 4° par *Aktie.*

Si nous n'avions attribué qu'un seul numéro au mot « action » il aurait pù se produire des hésitations dans l'esprit du lecteur allemand (l'allemand est pris ici à titre d'exemple) et peut-être des confusions fâcheuses. Il nous a paru plus commode d'attribuer au même mot plusieurs numéros, suivant ses diverses significations, numéros dont le choix sera facile à faire grâce aux exemples et indications qui les accompagnent dans le dictionnaire.

Comme un nom peut être du genre masculin dans une langue et du genre féminin ou neutre dans une autre, il n'y a pas de genre dans la « langue numérique ». Chaque mot est désigné par un chiffre et rien n'indique s'il est féminin, masculin ou neutre.

Formation du pluriel

Le pluriel se forme par l'adjonction du x placé à la fin du numéro.

10807 *abeille*
10807 x *abeilles*

De l'article

Il n'y a qu'un seul article pour le singulier et un seul pour le pluriel.

Au singulier, l'article s'écrit par O ; au pluriel, l'article s'écrit par OO.

Le traducteur fera de lui même l'attribution du genre au nom correspondant à sa langue. Le Français qui aura à traduire *le* blé (masculin) écrira O et l'Allemand lira *das* korn, qui est du genre neutre.

Articles contractés. — On sait qu'en Français, devant un nom singulier, commençant par une consonne ou un h aspiré, on met *du* pour *de le* et *au* pour *à le*.

Au pluriel, devant tous les noms, *de les* se change en *des* et *à les* se change en *aux*.

Dans la langue numérique, les articles contractés se traduisent :

1° *du* et *des* par la préposition *de* et l'article.

2° *au* et *aux* par la préposition *à* et l'article.

Articles indéfinis. — Les articles indéfinis « du ou des » se traduisent par l'équivalent « quelque » ainsi que cela a lieu en allemand, en anglais, etc.

De l'adjectif

Les adjectifs qualificatifs, les adjectifs démonstratifs (ce, cette, ces) et les adjectifs possessifs (mon, ton, son, nos, etc.) ont, de même que les substantifs, chacun un numéro, avec cette différence cependant, pour les démonstratifs et les possessifs, que nous avons attribué à ces derniers les premiers numéros du dictionnaire. *(V. page 23)*.

Adjectifs numéraux cardinaux. — Les adjectifs numéraux cardinaux, c'est-à-dire 1, 2, 3, 4, 5, 10, 20, 100, etc., sont indiqués par le signe x placé devant le nombre 1, 2, 3, 4, 5, 10, etc.

Ainsi 4544 qui, sans x signifie *jongler*, signifie : *quatre mille cinq cent quarante-quatre* quand il est écrit x 4544.

Adjectifs numéraux ordinaux. — Les adjectifs numéraux ordinaux, c'est-à-dire : premier, deuxième, vingtième, etc. sont indiqués par le signe x placé devant le chiffre et le signe (c) placé en haut et à droite du chiffre ; ainsi x 10000 voudra dire *dix mille*, et x 10000 c *dix millième*.

Du pronom

Pronoms relatifs et pronoms interrogatifs. — Le pronom relatif « *qui* » (l'homme qui) et le pronom interrogatif « *qui?* » (*qui* a fait cela ?) ont chacun un numéro spécial, car dans d'autres langues que le français le mot change avec le sens. Ainsi en allemand *qui* relatif se dit « welcher » et *qui* interrogatif se dit « wer ».

Le mot « *que* » étant tantôt pronom relatif, tantôt pronom interrogatif (que demandez-vous ?) tantôt conjonction (que Dieu soit loué) nous avons donné un numéro spécial à chacune de ces diverses significations.

Pronoms personnels. — Nous avons attribué les premiers

numéros du dictionnaire aux pronoms personnels, de la façon
suivante :

Singulier : 1re personne,	Je, me, moi . . , ...	1
— 2e —	Tu, te, toi	2
— 3e —	Il, elle, lui, le, la, soi.	3
Pluriel : 1re —	Nous	4
— 2e —	Vous	5
— 3e —	Ils, elles, les, eux	6

Quand deux pronoms se trouvent à côté l'un de l'autre, l'un
comme sujet, l'autre comme complément, par exemple dans les
phrases « *nous vous donnons* ». « *ils nous envoient* », on
traduira d'abord le verbe avec le temps et la personne qui lui
conviennent puis ensuite le pronom complémentaire. Ainsi la
phrase : « nous vous donnons » s'écrira —4.2964.1—5 comme
s'il y avait « nous donnons vous » « ou à vous » et l'allemand
traduira : *wir geben ihnen* et l'Italien *vi damo a voi*.

Les adjectifs pronoms, adverbes, prépositions et conjonc-
tions étant d'un usage plus fréquent que tous les autres mots,
nous leur avons attribué les premiers numéros du dictionnaire
afin de faciliter le travail de l'écrivain et du traducteur en ne
donnant à ces mots usuels qu'un, deux ou trois chiffres. A titre
d'exemple, on trouvera à la fin de la grammaire la liste des
adjectifs et des pronoms personnels, possessifs et démonstratifs *(V. page 23)*.

Quant aux adverbes de manière, c'est-à-dire ceux qui sont
formés d'adjectifs auxquels on a ajouté la terminaison *ment*
(sagement venant de sage, poliment formé de poli, etc.) nous
avons attribué à ces adverbes le même numéro que l'adjectif dont
ils dérivent. Dans plusieurs langues, d'ailleurs (l'allemand,
l'anglais) ces adjectifs et les adverbes n'ont qu'un seul mot et
ehrgeizig veut dire, en allemand, ambitieux et ambitieusement.

Du verbe

Le verbe est un mot qui exprime que l'on est ou que l'on **fait** quelque chose.

Les temps sont désignés dans la langue numérique par **un** numéro placé à la droite du numéro du verbe; ces **numéros** sont :

Mode indicatif . . présent. 1

imparfait. 2

passé défini et indéfini 3

passé antérieur 4

plus-que-parfait. 5

futur simple 6

futur antérieur. 7

Mode conditionnel présent ou futur. 8

passé 1ʳᵉ forme. 9

—   — 2ᵉ — 9

Mode impératif. . présent ou futur. 10

—   futur antérieur. 11

Mode subjonctif. . présent. 12

—   imparfait. 13

—   passé. 14

—   plus-que-parfait. 15

Mode infinitif. . . présent (l'infinitif présent n'a pas de numéro spécial.

—   passé. 16

—   participe présent 17

—   — passé. 18

Les personnes sont exprimées par le numéro du pronom personnel correspondant, c'est-à-dire 1 pour la première personne du singulier, 2 pour la deuxième personne, etc.

Dans la construction d'une phrase et afin d'éviter la confusion, le verbe ne devra jamais être séparé de son pronom personnel. Quand le sujet du verbe sera un substantif rendant inutile l'emploi du pronom, comme dans la phrase « Les abeilles travaillent », le pronom n'en sera pas moins conservé pour indiquer à quelle personne le verbe doit être mis et le traducteur éliminera de lui-même le pronom qui, traduit, ferait double emploi.

Ainsi la phrase ci-dessus « *Les abeilles travaillent* », s'écrira : 00—10030 x —6.8246.1. et le traducteur traduira :

$$00 = les$$
$$10030 \text{ x} = abeilles$$
$$6.8246.1 = elles\ travaillent$$

la traduction littérale serait donc *« les abeilles elles travaillent »*. Il est évident que le bon sens du traducteur éliminera de lui-même le pronom « *elles* ».

Modèle de conjugaison d'un verbe actif

AIMER — 1196 —

MODE INDICATIF

PRÉSENT		PASSÉ DÉFINI	
'aime	1.1196.1	J'aimai	1.1196.3
Tu aimes	2.1196.1	Tu aimas	2.1196.3
Il aime ou Elle aime	3.1196.1	Il aima	3.1196.3
Nous aimons	4.1196.1	Nous aimâmes	4.1196.3
Vous aimez	5.1196.1	Vous aimâtes	5.1196.3
Ils ou Elles aiment	6.1196.1	Ils aimèrent	6.1196.3

IMPARFAIT		PASSÉ INDÉFINI	
J'aimais	1.1196.2	J'ai aimé	1.1196.3
Tu aimais	2.1196.2	Tu as aimé	2.1196.3
Il aimait	3.1196.2	Il a aimé	3.1196.3
Nous aimions	4.1196.2	Nous avons aimé	4.1196.3
Vous aimiez	5.1196.2	Vous avez aimé	5.1196.3
Ils aimaient	6.1196.2	Ils ont aimé	6.1196.3

PASSÉ ANTÉRIEUR

J'eus aimé	1.1196.4
Tu eus aimé	2.1196.4
Il eut aimé	3.1196.4
Nous eûmes aimé	4.1196.4
Vous eûtes aimé	5.1196.4
Ils eurent aimé	6.1196.4

PLUS-QUE-PARFAIT

J'avais aimé	1.1196.5
Tu avais aimé	2.1196.5
Il avait aimé	3.1196.5
Nous avions aimé	4.1196.5
Vous aviez aimé	5.1196.5
Ils avaient aimé	6.1196.5

FUTUR SIMPLE

J'aimerai	1.1196.6
Tu aimeras	2.1196.6
Il aimera	3.1196.6
Nous aimerons	4.1196.6
Vous aimerez	5.1196.6
Ils aimeront	6.1196.6

FUTUR ANTÉRIEUR

J'aurai aimé	1.1196.7
Tu auras aimé	2.1196.7
Il aura aimé	3.1196.7
Nous aurons aimé	4.1196.7
Vous aurez aimé	5.1196.7
Ils auront aimé	6.1196.7

MODE CONDITIONNEL

PRÉSENT

J'aimerais	1.1196.8
Tu aimerais	2.1196.8
Il aimerait	3.1196.8
Nous aimerions	4.1196.8
Vous aimeriez	5.1196.8
Ils aimeraient	6.1196.8

PASSÉ

J'aurais aimé	1.1196.
Tu aurais aimé	2.1196.
Il aurait aimé	3.1196.
Nous aurions aimé	4.1196.
Vous auriez aimé	5.1196.
Ils auraient aimé	6.1196.

PASSÉ

J'eusse aimé	1.1196.
Tu eusses aimé	2.1196.
Il eût aimé	3.1196.
Nous eussions aimé	4.1196.
Vous eussiez aimé	5.1196.
Ils eussent aimé	6.1196.

MODE IMPÉRATIF

PRÉSENT OU FUTUR

Aime	2.1196.1
Aimons	4.1196.1
Aimez	5.1196.1

PASSÉ ANTÉRIEUR

Aie aimé	2.1196.1
Ayons aimé	4.1196.1
Ayez aimé	5.1196.1

MODE SUBJONCTIF

PRÉSENT

Que j'aime	1.1196.1
Que tu aimes	2.1196.1
Qu'il aime	3.1196.1
Que nous aimions	4.1196.1
Que vous aimiez	5.1196.1
Qu'ils aiment	6.1196.1

IMPARFAIT

Que j'aimasse	1.1196.1
Que tu aimasses	2.1196.1
Qu'il aimât	3 1196.1
Que nous aimassions	4.1196.1
Que vous aimassiez	5.1196.1
Qu'ils aimassent	6.1196.1

<table>
<tr><td colspan="2" align="center">PASSÉ</td><td colspan="2" align="center">PLUS-QUE-PARFAIT</td></tr>
<tr><td>Que j'aie aimé</td><td>1.1196.14</td><td>Que j'eusse aimé</td><td>1.1196.15</td></tr>
<tr><td>Que tu aies aimé</td><td>2.1196.14</td><td>Que tu eusses aimé</td><td>2.1196.15</td></tr>
<tr><td>Qu'il ait aimé</td><td>3.1196.14</td><td>Qu'il eût aimé</td><td>3.1196.15</td></tr>
<tr><td>Que nous ayons aimé</td><td>4.1196.14</td><td>Que nous eussions aimé</td><td>4.1196.15</td></tr>
<tr><td>Que vous ayez aimé</td><td>5.1196.14</td><td>Que vous eussiez aimé</td><td>5.1196.15</td></tr>
<tr><td>Qu'ils aient aimé</td><td>6.1196.14</td><td>Qu'ils eussent aimé</td><td>6.1196.15</td></tr>
</table>

MODE INFINITIF

<table>
<tr><td align="center">PRÉSENT</td><td></td><td align="center">PARTICIPE PRÉSENT</td><td></td></tr>
<tr><td>Aimer</td><td>1196</td><td>Aimant</td><td>1196.17</td></tr>
<tr><td align="center">PASSÉ</td><td></td><td align="center">PARTICIPE PASSE</td><td></td></tr>
<tr><td>Avoir ou ayant aimé</td><td>1196.16</td><td>Aimé</td><td>1196.18</td></tr>
</table>

On remarquera que les verbes auxiliaires ne comportent pas un numéro spécial et se trouvent indiqués par le numéro désignatif du temps placé à droite. Celui qui lira — 1.1196.3 — verra par le chiffre 3 qu'il s'agit du passé défini et traduira : le Français : « *j'ai aimé* »; l'Allemand, *ich habe geliebt;* le Roumain, *am iubitu,* etc.

Verbes passifs. — Le verbe passif est celui qui exprime une action reçue ou soufferte par le sujet de la proposition. Exemple: *être aimé;* les bons *seront récompensés,* etc.

Il n'y a qu'une seule conjugaison. Elle se fait à tous les temps avec l'auxiliaire être et le participe passé du verbe que l'on veut conjuguer.

Dans la langue numérique, les verbes passifs conservent le numéro du verbe actif dont ils sont formés, mais s'en distinguent par le signe 0 placé avant le nombre; ainsi : — 1196 — signifie aimer et — 01196 — être aimé. Voici d'ailleurs un exemple de conjugaison de verbe passif.

Modèle de conjugaison d'un verbe passif

ÊTRE AIMÉ — 01196 —

MODE INDICATIF

PRÉSENT

Je suis aimé	1.01196.1
Tu es aimé	2.01196.1
Il est aimé	3.01196.1
Nous sommes aimés	4.01196.1
Vous êtes aimés	5.01196.1
Ils sont aimés	6.01196.1

IMPARFAIT

J'étais aimé	1.01196.2
Tu étais aimé	2.01196.2
Il était aimé	3.01196.2
Nous étions aimés	4.01196.2
Vous étiez aimés	5.01196.2
Ils étaient aimés	6.01196.2

PASSÉ DÉFINI

Je fus aimé	1.01196.3
Tu fus aimé	2.01196.3
Il fut aimé	3.01196.3
Nous fûmes aimés	4.01196.3
Vous fûtes aimés	5.01196.3
Ils furent aimés	6.01196.3

PASSÉ INDÉFINI

J'ai été aimé	1.01196.3
Tu as été aimé	2.01196.3
Il a été aimé	3.01196.3
Nous avons été aimés	4.01196.3
Vous avez été aimés	5.01196.3
Ils ont été aimés	6.01196.3

PASSÉ ANTÉRIEUR

J'eus été aimé	1.01196.4
Tu eus été aimé	2.01196.4
Il eut été aimé	3.01196.4
Nous eûmes été aimés	4.01196.4
Vous eûtes été aimés	5.01196.4
Ils eurent été aimés	6.01196.4

PLUS-QUE-PARFAIT

J'avais été aimé	1.01196.5
Tu avais été aimé	2.01196.5
Il avait été aimé	3.01196.5
Nous avions été aimés	4.01196.5
Vous aviez été aimés	5.01196.5
Ils avaient été aimés	6.01196.5

FUTUR SIMPLE

Je serai aimé	1.01196.6
Tu seras aimé	2.01196.6
Il sera aimé	3.01196.6
Nous serons aimés	4.01196.6
Vous serez aimés	5.01196.6
Ils seront aimés	6.01196.6

FUTUR ANTÉRIEUR

J'aurai été aimé	1.01196.7
Tu auras été aimé	2.01196.7
Il aura été aimé	3.01196.7
Nous aurons été aimés	4.01196.7
Vous aurez été aimés	5.01196.7
Ils auront été aimés	6.01196.7

MODE CONDITIONNEL

PRÉSENT OU FUTUR

Je serais aimé.............. 1.01196.8
Tu serais aimé............. 2.01196.8
Il serait aimé 3.01196.8
Nous serions aimés......... 4.01196.8
Vous seriez aimés.......... 5.01196.8
Ils seraient aimés.......... 6.01196.8

PASSÉ

J'aurais été aimé........... 1.01196.9
Tu aurais été aimé......... 2.01196.9
Il aurait été aimé.......... 3.01196.9
Nous aurions été aimés...... 4.01196.9
Vous auriez été aimés....... 5.01196.9
Ils auraient été aimés....... 6.01196.9

PASSÉ

J'eusse été aimé............ 1.01196.9
Tu eusses été aimé......... 2.01196.9
Il eût été aimé............. 3.01196.9
Nous eussions été aimés..... 4.01196.9
Vous eussiez été aimés...... 5.01196.9
Ils eussent été aimés........ 6.01196.9

MODE IMPÉRATIF

PRÉSENT OU FUTUR

Sois aimé................. 2.01196.10
Soyons aimés............. 4.01196.10
Soyez aimés 5.01196.10

FUTUR ANTERIEUR

Aie été aimé.............. 2.01196.11
Ayons été aimés.......... 4.01196.11
Ayez été aimés............ 5.01196.11

MODE SUBJONCTIF

PRÉSENT

Que je sois aimé........... 1.01196.12
Que tu sois aimé.......... 2.01196.12
Qu'il soit aimé 3.01196.12
Que nous soyons aimés..... 4.01196.12
Que vous soyez aimés...... 5.01196.12
Qu'ils soient aimés 6.01196.12

IMPARFAIT

Que je fusse aimé 1.01196.13
Que tu fusse aimé 2.01196.13
Qu'il fût aimé............. 3.01196.13
Que nous fussions aimés ... 4.01196.13
Que vous fussiez aimés..... 5.01196.13
Qu'ils fussent aimés........ 6.01196.13

PASSÉ

Que j'aie été aimé......... 1.01196.14
Que tu aies été aimé....... 2.01196.14
Qu'il ait été aimé.......... 3.01196.14
Que nous ayons été aimé... 4.01196.14
Que vous ayez été aimés.... 5.01196.14
Qu'ils aient été aimés...... 6.01196.14

PLUS-QUE-PARFAIT

Que j'eusse été aimé....... 1.01196.15
Que tu eusses été aimé..... 2.01166.15
Qu'il eût été aimé 3.01196.15
Que nous eussions été aimés 4.01196.15
Que vous eussiez été aimés. 5.01196.15
Qu'ils eussent été aimés.... 6.01196.15

MODE INFINITIF

PRÉSENT

Être aimé 01196

PARTICIPE PRÉSENT

Étant aimé 01196.17

PASSÉ

Avoir ou ayant été aimé.... 01196.16

PARTICIPE PASSÉ

Aimé 01196.18

Verbes pronominaux. — Le verbe pronominal est celui dont le sujet et le complément représentent le même être. Exemple : *Je me flatte*, c'est-à-dire je flatte moi ; *tu te vantes*, c'est-à-dire tu vantes toi. Dans les temps composés, les verbes pronominaux se conjuguent, en Français, avec l'auxiliaire être de sorte que l'on dit : *je me suis flatté* pour « j'ai flatté moi ».

Tous les verbes pronominaux ont, en langue numérique, un numéro spécial. Ils se conjuguent comme les verbes actifs, sans qu'on ait à tenir compte du double pronom. Le numéro 9050 signifiant « se flatter », quand un Français lira 1.9050.1 il traduira évidemment : je me flatte ; tandis que le verbe actif « flatter » ayant le numéro 8221 en lisant — 1.822.1 — il traduira « *je flatte* ».

Si, au lieu de conserver au verbe pronominal, le numéro du verbe actif dont il est formé, nous lui avons donné un numéro différent, c'est que tel verbe, pronominal en français, pouvait se traduire dans une autre langue par un verbe actif ou un verbe neutre.

Modèle de conjugaison d'un verbe pronominal
SE FLATTER — 9050 —

MODE INDICATIF

PRÉSENT		PASSÉ DÉFINI	
Je me flatte	1.9050.1	Je me flattai	1.9050.3
Tu te flattes	2.9050.1	Tu te flattas	2.9050.3
Il se flatte	3.9050.1	Il se flatta	3.9050.3
Nous nous flattons	4.9050.1	Nous nous flattâmes	4.9050.3
Vous vous flattez	5.9050.1	Vous vous flattâtes	5.9050.3
Ils se flattent	6.9050.1	Ils se flattèrent	6.9050.3

IMPARFAIT		PASSÉ INDÉFINI	
Je me flattais	1.9050.2	Je me suis flatté	1.9050.3
Tu te flattais	2.9050.2	Tu t'es flatté	2.9050.3
Il se flattait	3.9050.2	Il s'est flatté	3.9050.3
Nous nous flattions	4.9050.2	Nous nous sommes flattés	4.9050.3
Vous vous flattiez	5.9050.2	Vous vous êtes flattés	5.9050.3
Ils se flattaient	6.9050.2	Ils se sont flattés	6.9050.3

PASSÉ ANTÉRIEUR

Je me fus flatté	1.9050.4
Tu te fus flatté	2.9050.4
Il se fut flatté	3.9050.4
Nous nous fûmes flattés	4.9050.4
Vous vous fûtes flattés	5.9050.4
Ils se furent flattés	6.9050.4

PLUS-QUE-PARFAIT

Je m'étais flatté	1.9050.5
Tu t'étais flatté	2.9050.5
Il s'était flatté	3.9050.5
Nous nous étions flattés	4.9050.5
Vous vous étiez flattés	5.9050.5
Ils s'étaient flattés	6.9050.5

FUTUR SIMPLE

Je me flatterai	1.9050.6
Tu te flatteras	2.9050.6
Il se flattera	3.9050.6
Nous nous flatterons	4.9050.6
Vous vous flatterez	5.9050.6
Ils se flatteront	6.9050.6

FUTUR ANTÉRIEUR

Je me serai flatté	1.9050.7
Tu te seras flatté	2.9050.7
Il se sera flatté	3.9050.7
Nous nous serons flattés	4.9050.7
Vous vous serez flattés	5.9050.7
Ils se seront flattés	6.9050.7

MODE CONDITIONNEL

PRÉSENT

Je me flatterais	1.9050.8
Tu te flatterais	2.9050.8
Il se flatterait	3.9050.8
Nous nous flatterions	4.9050.8
Vous vous flatteriez	5.9050.8
Ils se flatteraient	6.9050.8

PASSÉ

Je me serais flatté	1.9050.9
Tu te serais flatté	2.9050.9
Il se serait flatté	3.9050.9
Nous nous serions flattés	4.9050.9
Vous vous seriez flattés	5.9050.9
Ils se seraient flattés	6.9050.9

PASSÉ

Je me fusse flatté	1.9050.9
Tu te fusses flatté	2.9050.9
Il se fût flatté	3.9050.9
Nous nous fussions flattés	4.9050.9
Vous vous fussiez flattés	5.9050.9
Ils se fussent flattés	6.9050.9

MODE IMPÉRATIF

PRÉSENT OU FUTUR

Flatte-toi	2.9050.10
Flattons-nous	4.9050.10
Flattez-vous	5.9050.10

MODE SUBJONCTIF

PRÉSENT

Que je me flatte	1.9050.12
Que tu te flattes	2.9050.12
Qu'il se flatte	3.9050.12
Que nous nous flattions	4.9050.12
Que vous vous flattiez	5.9050.12
Qu'ils se flattent	6.9050.12

IMPARFAIT

Que je me flattasse	1.9050.13
Que tu te flattasses	2.9050.13
Qu'il se flattât	3.9050.13
Que nous nous flatassions	4.9050.13
Que vous vous flatassiez	5.9050.13
Qu'ils se flattassent	6.9050.13

	PASSÉ		PLUS-QUE-PARFAIT	
Que je me sois flatté	1.9050.14	Que je me fusse flatté	1.9050.1
Que tu te sois flatté	2.9050.14	Que tu te fusses flatté	2.9050.1
Qu'il se soit flatté	3.9050.14	Qu'il se fût flatté	3.9050.1
Que nous nous soyons flattés	4.9050.14	Que nous nous fussions flattés	4.9050.1
Que vous vous soyez flattés	5.9050.14	Que vous vous fussiez flattés	5.9050.1
Qu'ils se soient flattés	6.9050.14	Qu'ils se fussent flattés	6.9050.1

MODE INFINITIF

PRÉSENT		PASSÉ	
Se flatter	9050	S'être ou s'étant flatté	9050.1

PARTICIPE PRÉSENT

Se flattant	9050.17

Verbes unipersonnels. — Les verbes unipersonnels sont ceux qui ne s'emploient qu'à la troisième personne du singulier. Par exemple : les verbes *falloir*, *pleuvoir*.

Ces verbes n'ont en langue numérique. aucun signe distinctif. Ils s'écrivent, comme un verbe actif, à la troisième personne.

Modèle de verbe unipersonnel.

PLEUVOIR — 5343 —

MODE INDICATIF

	PRÉSENT		PASSE ANTÉRIEUR	
Il pleut	3.5343.1	Il eut plu	3.5343.4
IMPARFAIT		**PLUS-QUE-PARFAIT**	
Il pleuvait	3.5343.2	Il avait plu	3.5343.5
PASSÉ DÉFINI		**FUTUR**	
Il plût	3.5343.3	Il pleuvra	3.5343.6
PASSÉ INDÉFINI		**FUTUR ANTÉRIEUR**	
Il a plu	3.5343.3	Il aura plu	3.5343.7

MODE CONDITIONNEL

PRÉSENT OU FUTUR

Il pleuvrait.................. 3.5343.8

PASSÉ

Il aurait plu 3.5343.9

PASSÉ

Il eût plu................... 3.5343.9

MODE SUBJONCTIF

PRÉSENT

Qu'il pleuve 3.5343.12

IMPARFAIT

Qu'il plût................... 3.5343.13

PASSÉ

Qu'il ait plu 3.5343.14

PLUS-QUE-PARFAIT

Qu'il eût plu............... 3.5343.15

MODE INFINITIF

PRÉSENT

Pleuvoir................... 5343

PASSÉ

Avoir plu.................. 5343.16

PARTICIPE PRÉSENT

Pleuvant.................. 5343.17

PARTICIPE PASSÉ

Plu....................... 5343.18

Dans la langue numérique tous les verbes sont numérotés de 1000 à 9999. c'est à-dire qu'ils n'ont que quatre chiffres et sont les seuls à n'avoir que quatre chiffres. C'est déjà une indication que c'est un verbe, mais afin de faciliter le travail du traducteur et pour attirer davantage son attention, nous avons décidé que tous les verbes quels qu'ils soient, actifs, passifs et pronominaux seraient soulignés, y compris le pronom et le numéro du temps.

De cette façon, en cas même de mauvaise ponctuation, il ne saurait y avoir de doute sur le mot à traduire. Ainsi 1.3615.1 veut dire « j'essuie »; mais si les points étaient mal mis on pourrait, par exemple, confondre avec le substantif 13615, tandis que la barre indiquera immédiatement qu'on est en présence d'un verbe. Le lecteur mettra alors à part le premier chiffre pour le pronom, les quatre suivants pour le verbe et le ou les derniers pour le temps. Le verbe se trouvera ainsi complètement reconstitué.

Adverbe

Qnand un adverbe présente en français, plusieurs significations, nous avons attribué à chacune de ces significations un numéro différent, afin d'éviter toute confusion dans l'esprit de la personne qui recevra la lettre écrite en langue numérique.

A titre d'exemple nous citerons le mot « *en* » qui en même temps qu'adverbe, peut être aussi pronom relatif.

Il est évident que le mot « *en* » dans la phrase «*je vais en France*» n'a pas le même sens que dans la phrase « *je suis en France* » et la preuve est qu'il se traduit en allemand ; dans le premier cas par «*nach*» et dans le deuxième par «*in*». Nous avons donc donné un numéro spécial à chacune de ces significations.

Adverbes de négations. — L'adverbe de négation « *ne... pas* » se traduit par un seul numéro, car une double traduction des deux mots *ne* et *pas*, aurait pu amener une confusion, cette expression *ne... pas* se traduisant dans d'autres langues par un seul mot, par exemple en roumain par *nu ;* en anglais par *not ;* en allemand par *nicht*.

Prépositions

Ce que nous venons de dire des adverbes s'applique aux prépositions.

Il en est quelques-unes dont le sens change selon le rapport qu'elles expriment ou les mots qu'elles réunissent. Ainsi la préposition « *à* » peut marquer la possession (ce livre est à *moi*) ou bien le lieu où l'on va (je vais à *Paris*) ou le lieu où l'on est (je suis à *Paris*) ou le but, ou le moyen, etc., etc.

Dans ce cas, nous avons attribué différents numéros à la même préposition selon les différents sens qu'elle affecte, car dans d'autres langues, l'unique préposition française « *à* » peut se traduire de diverses façons.

Prenons la préposition « *à* ».

Dans la phrase j'écris *à* mon père « *à* » se trad. en allemand par *an*

—	je vais *à* Paris	—	*nach*
—	je suis *à* Paris	—	*in*
—	je ferai *à* telle époque	—	*um*
—	je voyagerai *à* mes frais	—	*auf*
—	dessiner *à* la plume	—	*mit*
—	des chapeaux *à* six francs	—	*zu*

La préposition « *de* » exprime également différents rapports, ou de possession, ou de durée, ou de cause.

Les prépositions « *pour*, » « *par*, » d'autres encore, présentent les mêmes particularités.

A chaque sens, nous le répétons, nous avons attribué un numéro différent; il sera facile de discerner ce sens grâce aux exemples qui accompagnent le mot dans le dictionnaire.

Notes

A. En langue numérique, pour éviter la confusion, tous les mots sont séparés les uns des autres par un trait — qui lorsqu'on télégraphie, sera remplacé par un point, afin d'éviter des frais inutiles

Pour les verbes, la personne et le numéro indicatif du temps ne sont séparés du numéro du verbe que par un point, car ces trois éléments (personne, temps, verbe) forment en somme un tout complet. En outre ainsi que nous l'avons dit ailleurs, tous les verbes qu'ils soient actifs, passifs ou pronominaux sont soulignés d'une barre. Ex. : 4.1196.6 « nous aimerons ».

La phrase « *Les abeilles travaillent activement* » se traduira et s'écrira 00 — 10030 x — 6.8246.1 — 10263.

B Quant aux noms propres (de pays, de villes. de montagnes, de fleuves, etc.), il nous est impossible de donner à chacun un numéro spécial; exception n'a été faite que pour les plus connus (Paris, Londres, Vienne, France, Allemagne etc). Pour les autres, on les écrira tels qu'ils se prononcent, mais en lettres latines et pour les peuples non familiarisés avec les caractères latins (Russes, Grecs, Turcs, etc.). nous avons annexé à chaque dictionnaire un tableau établissant la correspondance des lettres latines avec les lettres de ces diverses langues.

C. Des règles particulières concernant les langues qui emploient des déclinaisons, seront contenues dans les traductions que nous feront du présent ouvrage.

Liste des Adjectifs et Pronoms personnels, possessifs et démonstratifs.

1		Je, me, moi	14	Le tien, la tienne
2		Tu, te, toi	15	Le sien, la sienne
3		Il, elle, lui	16	Le nôtre, la nôtre
4		Nous	17	Le vôtre, la vôtre
5		Vous	18	Le leur, la leur
6		Ils, elles, eux	13 x	Les miens, les miennes
7		Mon, ma	14 x	Les tiens, les tiennes
8		Ton, ta	15 x	Les siens, les siennes
9		Son, sa	16 x	Les nôtres
10		Notre	17 x	Les vôtres
11		Votre	18 x	Les leurs
12		Leur	19	Ce, cet, cette
7 x	Mes		19 x	Ces
8 x	Tes		20	Celui, celle
9 x	Ses		21	Celui-ci, celle-ci
10 x	Nos		22	Celui-là, celle-là
11 x	Vos		20 x	Ceux
12 x	Leurs		21 x	Ceux-ci, celles-ci
13		Le mien, la mienne	22 x	Ceux-là, celles-là

Le présent ouvrage qui paraîtra en plusieurs fascicules, sera traduit par nous dans toutes les langues.

DICTIONNAIRE NUMÉRIQUE

A

1000 ABAISSER *faire descendre*
1001 ABAISSER *humilier*
1002 ABANDONNER *délaisser entiè-rement*
1003 S'ABANDONNER A *se livrer à la joie, à la douleur*
1004 S'ABANDONNER *perdre courage (Un cœur courageux ne s'aban-donne jamais)*
1005 ABASOURDIR *étourdir*
1006 ABATARDIR
1007 ABATTRE *jeter à terre*
1008 ABATTRE *tirer (du gibier)*
1009 ABATTRE *abaisser, affaiblir l'orgueil.*
1010 S'ABATTRE *tomber*
1011 S'ABATTRE *cesser (le vent s'abat)*
1012 ABDIQUER
1013 ABETIR
1014 ABHORRER
1015 ABIMER *gâter, endommager*
1016 S'ABIMER *s'écrouler, s'anéantir (la maison s'abîme dans les flammes)*
1017 S'ABIMER *se plonger dans (s'a-bîmer dans la douleur)*
1018 ABJURER
1019 ABOLIR
1020 ABONDER *être en abondance*
1021 ABONDER *être de l'avis (abon-der dans son sens)*
1022 ABONNER
1023 ABORDER *prendre terre*
1024 ABORDER *ou accoster*
1025 ABORDER *traiter une question*
1026 ABOUCHER
1026 S'ABOUCHER
1027 ABOUTIR *toucher par un bout (ce chemin aboutit au village)*
1028 ABOUTIR *avoir pour résultat (voilà à quoi cela a abouti)*

1029 ABOYER
1030 ABREGER
1031 ABREUVER *faire boire*
1032 ABREUVER *accabler (abreuve d'outrages)*
1033 ABRITER
1034 ABROGER
1035 ABRUTIR
1036 S'ABSENTER
1037 ABSORBER *pomper (le sabl absorbe l'eau)*
1038 ABSORBER *occuper fortemen (absorber l'attention)*
1039 ABSOUDRE
1040 S'ABSTENIR
1041 ABUSER *tromper*
1042 ABUSER *user mal (abuser de s force)*
1043 ACCABLER
1044 ACCAPARER *une chose*
1045 ACCAPARER *quelqu'un*
1046 ACCEDER
1047 ACCELERER
1048 ACCENTUER
1049 ACCEPTER
1050 ACCLAMER
1051 ACCLIMATER
1052 ACCOMMODER *rendre commod*
1053 ACCOMMODER *apprêter (des al ments)*
1054 ACCOMMODER *convenir à (cel m'accommoderait)*
1055 ACCOMPAGNER
1056 ACCOMPLIR
1057 ACCORDER *mettre d'accor (deux adversaires)*
1058 ACCORDER *allouer, octroyer*
1059 ACCORDER *mettre d'accord l voix et un instrument*
1060 ACCOSTER *aborder quelqu'un*
1061 ACCOTER
1062 ACCOUCHER

1063 S'ACCOUDER
1064 ACCOUPLER
1065 ACCOURCIR
1066 ACCOURIR
1067 ACCOUTRER
1068 ACCOUTUMER
1069 ACCREDITER *faire croire à (un bruit)*
1070 ACCREDITER *autoriser un diplomate*
1071 S'ACCREDITER *se confirmer*
1072 ACCROCHER *suspendre à un clou*
1073 ACCROCHER *heurter contre (accrocher une voiture)*
1074 S'ACCROCHER *importuner (s'accrocher à quelqu'un)* —
1075 ACCROIRE... *faire*
1076 ACCROITRE *augmenter*
1077 S'ACCROUPIR
1078 ACCUEILLIR
1079 ACCULER
1080 S'ACCULER *s'adosser*
1081 ACCUMULER
1082 ACCUSER *imputer une faute*
1083 ACCUSER *faire ressortir en peinture (accuser les muscles)*
1084 ACCUSER *accuser réception*
1085 ACERER
1086 ACETIFIER
1087 ACHALANDER
1088 S'ACHARNER
1089 ACHEMINER
1090 ACHETER
1091 ACHEVER *terminer*
1092 ACHEVER *tuer, porter le dernier coup* —
1093 ACIDIFIER
1094 ACIDULER
1095 ACIERER
1096 S'ACOQUINER
1097 ACQUERIR
1098 ACQUIESCER *consentir*
1099 ACQUITTER *payer ce qu'on doit*
1100 ACQUITTER *renvoyer absous*
1101 ACTIONNER *(en justice)*
1102 ACTUALISER
1103 ADAPTER
1104 ADDITIONNER
1105 ADHERER *tenir à une chose*
1106 ADHERER *être d'un parti*
1107 ADJOINDRE
1108 ADJUGER
1109 ADJURER
1110 ADMETTRE *recevoir, agréer*

1111 ADMETTRE *reconnaître comme vrai*
1112 ADMINISTRER *gouverner*
1113 ADMINISTRER *conférer (les sacrements)*
1114 ADMINISTRER *donner un remède*
1115 ADMIRER
1116 ADMONESTER
1117 S'ADONNER
1118 ADOPTER *(un enfant)*
1119 ADOPTER *(une opinion)*
1120 ADORER
1121 ADOSSER
1122 ADOUCIR
1123 ADRESSER *envoyer (une lettre, un paquet)*
1124 ADULER
1125 ADVENIR
1126 AERER
1127 AFFADIR
1128 AFFAIBLIR
1129 AFFAISSER
1130 AFFALER
1131 AFFAMER
1132 AFFECTER *faire ostentation de*
1133 AFFECTER *destiner à un usage*
1134 AFFECTER *émouvoir (son état m'affecte*
1135 AFFECTIONNER
1136 AFFERMER
1137 AFFERMIR
1138 AFFICHER *poser une affiche*
1139 AFFICHER *étaler (des prétentions)*
1140 S'AFFICHER
1141 AFFILER
1142 AFFILIER
1143 AFFINER
1144 AFFIRMER
1145 AFFLEURER
1146 AFFLIGER
1147 AFFLOUER
1148 AFFLUER *couler vers*
1149 AFFLUER *abonder (la foule afflue)*
1150 AFFOLER
1151 AFFRANCHIR *rendre libre*
1152 AFFRANCHIR *une lettre*
1153 S'AFFRANCHIR *de*
1154 AFFRETER
1155 AFFRIANDER
1156 AFFRIOLER
1157 AFFRONTER
1158 AFFRONTER *mettre bout à bout*

1159 AFFUBLER
1160 AFFUTER *aiguiser des outils*
1161 AFFUTER *mettre un canon sur son affût*
1162 AGACER *causer de l'agacement*
1163 AGACER *provoquer*
1164 AGENCER
1165 S'AGENOUILLER
1166 AGGLOMERER
1167 AGGLUTINER
1168 AGGRAVER
1169 AGIOTER
1170 AGIR *faire quelque chose*
1171 AGIR *poursuivre en justice, agir civilement*
1172 AGIR *il s'agit de*
1173 AGITER *secouer, remuer*
1174 AGITER *troubler (les passions l'agitent)*
1175 AGITER *discuter (agiter une question)*
1176 AGITER *exciter (agiter le peuple)*
1177 AGONISER
1178 AGRAFER
1179 AGRANDIR
1180 AGRANDIR *élever, anoblir (la lecture agrandit l'âme)*
1181 AGREER
1182 AGREGER
1183 AGREMENTER
1184 S'AGRIFFER
1185 AGRIPPER
1186 AGUERRIR
1187 AHURIR
1188 AIDER
1189 AIGRIR
1190 AIGRIR *irriter*
1191 AIGUILLER
1192 AIGUILLONNER
1193 AIGUISER *rendre aigu*
1194 AIGUISER *exciter (l'appétit)*
1195 AIMANTER
1196 AIMER *affectionner*
1197 AIMER *prendre du plaisir*
1198 AIMER A *faire volontiers*
1199 AJOURNER
1200 AJOUTER
1201 AJOUTER *ajouter foi, croire*
1202 AJUSTER *rendre juste (un poids, une balance)*
1203 AJUSTER *adapter (un couvercle)*
1204 AJUSTER *viser*
1205 AJUSTER *habiller*
1206 ALANGUIR
1207 ALARMER
1208 ALCALISER
1209 ALCOOLISER
1210 ALESER
1211 ALIENER *vendre*
1212 ALIENER *rendre hostile (aliéner les esprits)*
1213 ALIENER *troubler la raison*
1214 ALIGNER
1215 ALIMENTER
1216 ALITER
1217 ALLAITER
1218 ALLECHER
1219 ALLEGER
1220 ALLEGIR
1221 ALLEGUER
1222 ALLER *d'un lieu à un autre*
1223 ALLER *se porter (comment allez-vous)*
1224 ALLER *être sur le point de (je vais partir)*
1225 S'EN ALLER
1226 ALLIER *mêler*
1227 S'ALLIER *se liguer*
1228 S'ALLIER *se marier*
1229 ALLONGER *rendre plus long*
1230 ALLONGER *appliquer un coup*
1231 ALOURDIR
1232 ALLUMER *mettre le feu*
1233 ALLUMER *exciter (allumer les passions)*
1234 ALTERER *changer en mal*
1235 ALTERER *exciter la soif*
1236 ALTERNER
1237 AMADOUER
1238 AMAIGRIR
1239 AMALGAMER
1240 AMARINER
1241 AMARRER
1242 AMASSER
1243 AMBITIONNER
1244 AMELIORER
1245 AMENAGER
1246 AMENDER
1247 AMENER
1248 AMENER *préparer avec art (amener un incident)*
1249 AMENER *amener Pavillon, se rendre*
1250 AMEUBLIR
1251 AMEUTER *assembler les chiens*
1252 AMEUTER *soulever, attrouper*
1253 AMIDONNER
1254 AMINCIR
1255 AMNISTIER

1256 AMODIER
1257 AMOINDRIR
1258 AMOLLIR
1259 AMOLLIR *renare effeminé*
1260 AMONCELER
1261 AMORCER
1262 AMORTIR *rendre moins violent (un coup)*
1263 AMORTIR *affaiblir (l'âge amortit les passions)*
1264 AMORTIR *payer (une dette)*
1265 AMOURACHER
1266 AMPLIFIER
1267 AMPUTER
1268 AMUSER *divertir*
1269 AMUSER *tromper*
1270 ANALYSER
1271 ANATHÉMATISER
1272 ANCRER
1273 ANÉANTIR *détruire*
1274 ANÉANTIR *stupéfier*
1275 ANÉMIER
1276 ANIMER *donner la vie*
1277 ANIMER *exciter*
1278 ANISER
1279 ANNELER
1280 ANNEXER
1281 ANNIHILER
1282 ANNONCER
1283 ANNOTER
1284 ANNULER
1285 ANOBLIR
1286 ANONNER
1287 ANTICIPER
1288 ANTIDATER
1289 APAISER
1290 APERCEVOIR
1291 APITOYER
1292 S'APITOYER
1293 APLANIR *rendre uni (le sol)*
1294 APLANIR *(faire disparaître les difficultés).*
1295 APLATIR
1296 APOSTASIER
1297 APOSTER
1298 APOSTILLER
1299 APOSTROPHER
1300 APPARAITRE
1301 APPAREILLER
1302 APPARENTER
1303 APPARIER
1304 APPARTENIR
1305 APPATER
1306 APPAUVRIR
1307 APPELER *nommer*

1308 APPELER *citer en justice*
1309 APPESANTIR
1310 APPLAUDIR
1311 S'APPLAUDIR
1312 APPLIQUER *poser une chose sur une autre*
1313 APPLIQUER *donner (un soufflet)*
1314 APPLIQUER *diriger son esprit vers un sujet*
1315 S'APPLIQUER
1316 APPOINTER
1317 APPOINTIR
1318 APPORTER
1319 APPOSER
1320 APPRÉCIER
1321 APPRÉHENDER *saisir (au corps)*
1322 APPRÉHENDER *craindre*
1323 APPRENDRE *acquérir une connaissance*
1324 APPRENDRE *enseigner*
1325 APPRÊTER
1326 APPRÊTER *accommoder des mets*
1327 APPRIVOISER
1328 APPROCHER *mettre proche (une chaise)*
1329 APPROCHER *devenir proche*
1330 APPROFONDIR *rendre plus profond*
1331 APPROFONDIR *examiner à fond*
1332 APPROPRIER *rendre propre*
1333 APPROPRIER *conforme (le style au sujet)*
1334 S'APPROPRIER *s'attribuer*
1335 APPROUVER
1336 APPROVISIONNER
1337 APPUYER
1338 APPUYER *sur un point de discussion*
1339 APPUYER *protéger (appuyer une demande)*
1340 APURER
1341 ARBITRER
1342 ARBORER
1343 ARC-BOUTER
1344 ARGENTER
1345 ARGUER
1346 ARGUMENTER
1347 ARMER
1348 ARMER *prémunir, fortifier*
1349 ARMORIER
1350 AROMATISER
1351 ARPENTER *mesurer*
1352 ARPENTER *marcher à grands pas*

1353 ARQUEBUSER
1354 ARQUER
1355 ARRACHER
1356 ARRACHER *obtenir avec peine (arracher une concession)*
1357 ARRANGER *mettre en ordre*
1358 ARRANGER *terminer à l'amiable une affaire*
1359 ARRANGER *convenir (cela m'arrange)*
1360 ARRÊTER *faire cesser (une pendule)*
1361 ARRÊTER *fixer (sa pensée, son regard)*
1362 ARRÊTER *faire prisonnier*
1363 ARRÊTER *décider (un marché)*
1364 ARRIMER
1365 ARRIVER
1366 S'ARROGER
1367 ARRONDIR
1368 ARRONDIR *augmenter*
1369 ARROSER *(un jardin, des plantes)*
1370 ARROSER *couler à travers (la Seine arrose Paris)*
1371 ARTICULER *déduire par articles*
1372 ARTICULER *affirmer positivement (un fait)*
1373 ARTICULER *prononcer (articuler un son)*
1374 ASPERGER
1375 ASPHIXIER
1376 ASPIRER *l'air*
1377 ASPIRER *prétendre (aux honneurs)*
1378 ASSAILLIR
1379 ASSAINIR
1380 ASSAISONNER
1381 ASSASSINER
1382 ASSASSINER *fatiguer, importuner*
1383 ASSEMBLER
1384 ASSENER
1385 ASSEOIR
1386 ASSEOIR *établir un impôt*
1387 ASSERMENTER
1388 ASSERVIR
1389 ASSIEGER
1390 ASSIEGER *obséder*
1391 ASSIGNER *appeler en justice*
1392 ASSIGNER *déterminer (une place)*
1393 ASSIMILER *rendre semblable*
1394 ASSIMILER *établir une comparaison*
1395 S'ASSIMILER *approprier à sa substance*

1396 ASSISTER *être présent à une séance*
1397 ASSISTER *secourir*
1398 SE FAIRE ASSISTER
1399 ASSOCIER *prendre pour associé*
1400 ASSOCIER *unir, joindre (des idées)*
1401 ASSOLER
1402 ASSOMBRIR
1403 ASSOMMER
1404 ASSOMMER *étourdir, fatiguer*
1405 ASSORTIR *réunir des choses qui se conviennent*
1406 ASSORTIR *approvisionner, fournir de*
1407 ASSOUPIR
1408 ASSOUPLIR
1409 ASSOURDIR
1410 ASSOUVIR
1411 ASSUJETTIR
1412 ASSUMER
1413 ASSURER *affirmer*
1414 ASSURER *faire une assurance*
1415 ASSURER *rendre stable*
1416 ASSURER *garantir (une créance)*
1417 ASTREINDRE
1418 ATERMOYER *retarder le terme*
1419 ATERMOYER *différer chercher des subterfuges*
1420 ATROPHIER
1421 S'ATTABLER
1422 ATTACHER *joindre fortement*
1423 ATTACHER *fixer, attacher ses yeux sur*
1424 ATTACHER *intéresser cette lecture attache*
1425 S'ATTACHER *à quelqu'un avoir de l'affection*
1426 S'ATTACHER *s'appliquer, s'attacher à quelque chose*
1427 ATTAQUER *assaillir*
1428 ATTAQUER *intenter une action judiciaire*
1429 ATTAQUER *ronger, attaquer le fer*
1430 ATTARDER
1431 ATTEINDRE *frapper au loin*
1432 ATTEINDRE *rejoindre*
1433 ATTEINDRE *parvenir à (atteindre le but)*
1434 ATTELER
1435 ATTENDRE
1436 S'ATTENDRE *à*
1437 ATTENDRIR
1438 ATTENTER
1439 ATTENUER

1440 ATTERER
1441 ATTERIR
1442 ATTESTER
1443 ATTIEDIR
1444 ATTIEDIR *diminuer l'ardeur*
1445 ATTIFER
1446 ATTIRER
1447 ATTISER *le feu*
1448 ATTISER *les passions*
1449 ATTRAPER *prendre au piège*
1450 ATTRAPER *tromper*
1451 ATTRAPER *recevoir (un coup)*
1452 ATTRAPER *imiter (la manière d'un auteur)*
1453 ATTRIBUER *accorder (attribuer une part)*
1454 ATTRIBUER *imputer*
1455 ATTRISTER
1456 ATTROUPER
1457 AUGMENTER
1458 AUGURER
1459 AUNER
1460 AUSCULTER
1461 AUTOGRAPHIER
1462 AUTORISER
1463 AUTORISER *justifier (votre conduite autorise ses écarts)*
1464 AVALER

1465 S'AVACHIR
1466 AVANCER *porter en avant*
1467 AVANCER *de l'argent*
1468 AVANCER *se hâter (avancer son départ)*
1469 AVANCER *aller trop vite (ma montre avance)*
1470 S'AVANCER
1471 AVANTAGER
1472 AVARIER
1473 AVENTURER
1474 AVERER
1475 AVERTIR
1476 AVEUGLER *rendre aveugle*
1477 AVEUGLER *éblouir*
1478 AVEUGLER *ôter l'usage de la raison*
1479 AVILIR
1480 AVISER *donner avis*
1481 AVISER *réfléchir (nous aviserons)*
1482 AVIVER
1483 AVOIR *verbe*
1484 AVOISINER
1485 AVORTER *accoucher avant terme*
1486 AVORTER *échouer*
1487 AVOUER
1488 AZURER

B

1489 BABILLER
1490 BACHER
1491 BACLER *fermer*
1492 BACLER *expédier un travail*
1493 BADAUDER
1494 BADIGEONNER
1495 BADINER
1496 BAFOUER
1497 BAFRER
1498 BAGUENAUDER
1499 BAIGNER *mettre dans le bain*
1500 BAIGNER *être plongé dans*
1501 BAIGNER *(la mer baigne la ville)*
1502 BAIGNER *arroser (baigner de larmes)*
1503 BAILLER *respirer en ouvrant la bouche*
1504 BAILLER *être entrouvert (la porte bâille)*
1505 BAILLER *donner (baillez-moi l'argent que vous me devez)*

1506 BAILLER *en faire accroire (vous me la baillez belle)*
1507 BAILLONNER
1508 BAISER *(verbe)*
1509 BAISSER *abaisser (un store)*
1510 BAISSER *(baisser le ton)*
1511 BAISSER *s'affaiblir (son talent baisse)*
1512 SE BAISSER
1513 BALAFRER
1514 BALANCER *mouvoir (le vent balance les arbres)*
1515 BALANCER *hésiter*
1516 BALANCER *(établir le débit et le crédit)*
1517 BALANCER *compenser*
1518 BALAYER *nettoyer*
1519 BALAYER *chasser*
1520 BALBUTIER
1521 BALISER
1522 BALLONNER
1523 BALLOTER *agiter en divers sens*

1524 BALLOTER *en élection*
1525 BANDER *serrer avec une bande*
1526 BANDER *tendre (un arc)*
1527 BANNIR
1528 BANQUETER
1529 BAPTISER
1530 BARATTER
1531 BARBIFIER
1532 BARBOTER
1533 BARBOUILLER
1534 BARDER
1535 BARGUIGNER
1536 BARIOLER
1537 BARRER *fermer avec une barre*
1538 BARRER *obstruer (barrer le chemin)*
1539 BARRER *tirer un trait de plume*
1540 BARRICADER
1541 SE BARRICADER
1542 BASANER
1543 BASCULER
1544 BASER
1545 BASSINER *chauffer avec une bassinoire*
1546 BASSINER *humecter (une plaie)*
1547 BASTIONNER
1548 BATAILLER *livrer bataille*
1549 BATAILLER *contester*
1550 BATER
1551 BATIR
1552 BATONNER
1553 BATTRE
1554 BATTRE *être agité (le cœur bat)*
1555 SE BATTRE *combattre*
1556 BAVARDER
1557 BAVER
1558 BAYER *aux corneilles*
1559 BEATIFIER
1560 BECQUETER
1561 BEGAYER
1562 BELER
1563 BENEFICIER
1564 BENIR *donner la bénédiction, consacrer (une église, des enfants)*
1565 BENIR *glorifier, bénir le Seigneur*
1566 BERCER *balancer*
1567 BERCER *amuser d'espérances fausses, d'illusions*
1568 BERNER
1569 BESOGNER
1570 BETONNER
1571 BEUGLER
1572 BEURRER
1573 BIAISER *être de biais*
1574 BIAISER *user de finesse*

1575 BICHONNER
1576 BIENVENIR *(se faire)*
1577 BIFFER
1578 BIFURQUER
1579 BIGARRER
1580 BIGLER *loucher*
1581 BINER
1582 BISEAUTER
1583 BISSER
1584 BITUMINER
1585 BIVOUAQUER
1586 BLAMER
1587 BLANCHIR
1588 BLANCHIR *rendre propre (du linge)*
1589 BLASER
1590 BLASONNER
1591 BLASPHEMER
1592 BLEMIR
1593 BLESER
1594 BLESSER *donner un coup*
1595 BLESSER *faire mal ma chaussure me blesse*
1596 BLESSER *offenser (ce mot la blesse)*
1597 BLEUIR
1598 BLINDER
1599 BLONDIR
1600 BLOQUER
1601 SE BLOTTIR
1602 BLUTER
1603 BOBINER
1604 BOIRE
1605 BOISER *planter de bois*
1606 BOISER *lambrisser*
1607 BOITER
1608 BOMBARDER
1609 BOMBER
1610 BONDER
1611 BONDIR
1612 BONIFIER
1613 BORDER
1614 BORNER *mettre des bornes*
1615 BORNER *modérer (ses désirs)*
1616 BOSSELER
1617 BOSSUER
1618 BOTTELER
1619 BOUCANER
1620 BOUCHER *verbe, fermer une ouverture*
1621 BOUCHONNER
1622 BOUCLER
1623 BOUDER
1624 BOUFFER *se gonfler*
1625 BOUFFIR
1626 BOUFFONNER

1627 BOUGER
1628 BOUGONNER
1629 BOUILLIR
1630 BOUILLONNER
1631 BOULEVERSER
1632 BOULONNER
1633 BOUQUINER
1634 BOURDONNER
1635 BOURGEONNER *pousser des bourgeons*
1636 BOURGEONNER *avoir des boutons au visage*
1637 BOURRELER
1638 BOURRER *enfoncer la bourre*
1639 BOURRER *garnir de bourre*
1640 BOURRER *faire manger avec excès*
1641 BOURRER *maltraiter*
1642 BOURSOUFLER
1643 BOUSCULER
1644 BOUSILLER
1645 BOUTONNER
1646 BOUTURER
1647 BOXER
1648 BRACONNER
1649 BRAILLER
1650 BRAIRE
1651 BRAISER
1652 BRAMER
1653 BRANCHER
1654 BRANDIR
1655 BRANLER
1656 BRAQUER
1657 BRASER
1658 BRASSER *remuer*
1659 BRASSER *de la bière*
1660 BRAVER
1661 BREDOUILLER
1662 BRETAUDER
1663 BREVETER
1664 BRIGUER
1665 BRILLER *reluire*

1666 BRILLER *se distinguer*
1667 BRIMER
1668 BRISER
1669 BROCANTER
1670 BROCHER *étoffes*
1671 BROCHER *livres*
1672 BRODER
1673 BRODER *amplifier*
1674 BRONCHER *faire un faux pas*
1675 BRONCHER *faillir*
1676 BRONZER
1677 BROSSER
1678 BROUETTER
1679 BROUILLASSER
1680 BROUILLER *mêler*
1681 BROUILLER *mettre la division*
1682 SE BROUILLER *se fâcher*
1683 SE BROUILLER *se gâter (le temps se brouille)*
1684 BROUILLONNER
1685 BROUIR
1686 BROUTER
1687 BROYER
1688 BROYER *du noir être triste*
1689 BRUINER
1690 BRUIRE
1691 BRULER
1692 BRULER *le pavé, aller très vite*
1693 BRULER *la politesse, quitter*
1694 BRULER *la cervelle, tuer*
1695 BRULER *de, désirer vivement*
1696 BRUNIR
1697 BRUSQUER
1698 BRUTALISER
1699 BUCHER *travailler*
1700 BURINER
1701 BUSQUER
1702 BUTER
1703 SE BUTER *s'opiniâtrer*
1704 BUTINER
1705 BUTTER *entourer de terre*
1706 BUTTER *se heurter, broncher*

C

1707 CABALER
1708 CABLER
1709 CABOTER
1710 CABOTINER
1711 SE CABRER
1712 CABRIOLER
1713 CACHER *mettre dans un lieu secret*

1714 CACHER *couvrir (sa nudité)*
1715 CACHETER
1716 CADASTRER
1717 CADENASSER
1718 CADENCER
1719 CADRER
1720 CAGNARDER, *paresser*
1721 CAHOTER

1722 CAILLER
1723 CAILLETER
1724 CAILLOUTER
1725 CAJOLER
1726 CALAMISTRER
1727 CALANDRER
1728 CALCINER
1729 CALCULER
1730 CALER *assujettir*
1731 CALER *enfoncer dans l'eau*
1732 CALFATER
1733 CALFEUTRER
1734 CALIBRER
1735 CALINER
1736 CALLIGRAPHIER
1737 CALMER
1738 CALOMNIER
1739 CALOTTER
1740 CALQUER
1741 CAMBRER
1742 CAMIONNER
1743 CAMPER
1744 CAMPHRER
1745 CANALISER
1746 CANARDER
1747 CANCANER
1748 CANNELER
1749 CANONISER
1750 CANONNER
1751 CANOTER
1752 CANTONNER
1753 CAOUTCHOUTER
1754 CAPARAÇONNER
1755 CAPITALISER
1756 CAPITONNER
1757 CAPITULER *(en parlant d'une place forte)*
1758 CAPITULER *entrer en accomodements*
1759 CAPONNER
1760 CAPTER
1761 CAPTIVER
1762 CAPTURER
1763 CAQUETER
1764 CARACOLER
1765 CARACTERISER
1766 CARAMBOLER
1767 CARBONISER
1768 CARDER
1769 CARENER
1770 CARESSER
1771 CARGUER
1772 CARICATURER
1773 CARIER
1774 SE CARIER

1775 CARILLONNER
1776 CARRELER *paver en carreaux*
1777 CARRELER *réparer des souliers*
1778 CARRER
1779 SE CARRER
1780 CARTONNER
1781 CASEMATER
1782 CASER *mettre en ordre*
1783 CASER *procurer un emploi*
1784 CASERNER
1785 CASSER *briser, rompre*
1786 CASSER *destituer (un officier)*
1787 CASSER *annuler un jugement*
1788 SE CASSER LA TETE *s'appliquer*
1789 CATALOGUER
1790 CATECHISER
1791 CATIR
1792 CAUSER *être cause (causer de la peine)*
1793 CAUSER *s'entretenir*
1794 CAUTERISER
1795 CAUTIONNER
1796 CEDER *laisser, abandonner*
1797 CEDER *succomber, céder à la douleur*
1798 CEDER *vendre*
1799 CEINDRE *entourer*
1800 CEINDRE *mettre sur sa tête (la couronne)*
1801 CELEBRER *louer, exalter (un héros)*
1802 CELEBRER *dire la messe*
1803 CELER
1804 CEMENTER
1805 CENSURER
1806 CENTRALISER
1807 CENTUPLER
1808 CERCLER
1809 CERNER *investir (une place)*
1810 CERNER *faire une incision autour d'un arbre*
1811 CERTIFER
1812 CESSER
1813 CHAGRINER
1814 SE CHAMAILLER
1815 CHAMARRER
1816 CHAMBRER
1817 CHAMOISER
1818 CHAMPLEVER
1819 CHANCELER *vaciller*
1820 CHANCELER *être irrésolu*
1821 CHANGER *échanger*
1822 CHANGER *transformer*
1823 SE CHANGER

1824 CHANSONNER
1825 CHANTER
1826 FAIRE CHANTER
1827 CHANTONNER
1828 CHANTOURNER
1829 CHAPERONNER *couvrir d'un chaperon*
1830 CHAPERONNER *surveiller, accompagner*
1831 CHAPITRER
1832 CHARBONNER *se réduire en charbon*
1833 CHARBONNER *noircir, écrire avec du charbon*
1834 CHARCUTER
1835 CHARGER *mettre une charge*
1836 CHARGER *déposer contre un accusé*
1837 CHARGER *donner une commission, charger d'une affaire*
1838 CHARGER *l'ennemi*
1839 CHARGER *exagérer (un récit, un portrait)*
1840 SE CHARGER *de*
1841 CHARMER *jeter un charme*
1842 CHARMER *plaire*
1843 CHARPENTER *équarrir du bois*
1844 CHARPENTER *disposer (un drame)*
1845 CHARRIER *transporter*
1846 CHARRIER *porter des glaçons*
1847 CHARROYER
1848 CHASSER *poursuivre le gibier*
1849 CHASSER *congédier*
1850 CHATIER *punir*
1851 CHATIER *polir, rendre pur (le style)*
1852 CHATOUILLER
1853 CHATOUILLER *flatter (l'amour-propre)*
1854 CHATOYER
1855 CHATRER
1856 CHAUFFER *rendre chaud (un four)*
1857 CHAUFFER *mener vivement une affaire*
1858 CHAUFFER *devenir chaud (le bain chauffe)*
1859 CHAULER
1860 CHAUMER
1861 CHAUSSER
1862 CHAVIRER
1863 CHEMINER
1864 CHERCHER
1865 CHERIR

1866 CHEVAUCHER
1867 CHEVROTER
1868 CHICANER
1869 CHIFFONNER *froisser (une étoffe)*
1870 CHIFFONNER *contrarier (cela me chiffonne)*
1871 CHIFFRER
1872 CHINER
1873 CHIPOTER
1874 CHIQUER
1875 CHLOROFORMER ou CHLOROFORMISER
1876 CHOIR
1877 CHOISIR
1878 CHOMER
1879 CHOQUER *heurter*
1880 CHOQUER *offenser*
1881 CHOYER
1882 CHRISTIANISER
1883 CHUCHOTER
1884 CICATRISER
1885 CIMENTER *lier avec du ciment*
1886 CIMENTER *consolider, affermir*
1887 CINGLER *naviguer vers*
1888 CINGLER *frapper*
1889 CINTRER
1890 CIRCONCIRE
1891 CIRCONSCRIRE *inscrire dans*
1892 CIRCONSCRIRE *restreindre*
1893 CIRCONVENIR
1894 CIRCULER
1895 CIRER
1896 CISAILLER
1897 CISELER
1898 CITER *rapporter un texte*
1899 CITER *appeler devant le juge*
1900 CIVILISER
1901 CLABAUDER
1902 CLAPOTER
1903 CLAQUEMURER
1904 CLAQUER *faire du bruit (avec un fouet, avec les dents)*
1905 CLAQUER *donner une claque*
1906 CLARIFIER
1907 CLASSER
1908 CLASSIFIER
1909 CLICHER
1910 CLIGNER
1911 CLIGNOTER
1912 CLIQUETER
1913 CLIVER
1914 CLOCHER *boiter*
1915 CLOCHER *être défectueux*
1916 CLOISONNER

1917 CLOITRER
1918 CLORE *fermer, boucher (un passage)*
1919 CLORE *enfermer de murs*
1920 CLORE *terminer un compte*
1921 CLOTURER *fermer, enclore*
1922 CLOTURER *terminer*
1923 CLOUER
1924 SE COALISER
1925 COAGULER
1926 COHABITER
1927 COHERITER
1928 COIFFER
1929 COINCIDER
1930 COLLABORER
1931 COLLATIONNER *comparer*
1932 COLLATIONNER *manger*
1933 COLLECTIONNER
1934 COLLER *fixer avec de la colle*
1935 COLLER *clarifier le vin*
1936 COLLETER *poser des collets*
1937 SE COLLETER *se battre*
1938 COLLOQUER
1939 COLONISER
1940 COLORER *donner de la couleur*
1941 COLORER *donner une belle apparence (embellir un mensonge)*
1942 COLORIER
1943 COLPORTER *faire le métier de colporteur*
1944 COLPORTER *répandre (une nouvelle)*
1945 COMBINER *coordonner (combiner ses mesures)*
1946 COMBINER *mélanger des acides*
1947 COMBINER *calculer, disposer un plan*
1948 COMBLER *remplir (un fossé)*
1949 COMBLER *satisfaire (les désirs)*
1950 COMBLER *accabler (de bienfaits)*
1951 COMMANDER *ordonner*
1952 COMMANDER *avoir l'autorité*
1953 COMMANDER *donner une commande*
1954 COMMANDITER
1955 COMMEMORER
1956 COMMENCER
1957 COMMENTER
1958 COMMERCER
1959 COMMETTRE *faire (une erreur, une faute)*
1960 COMMETTRE *préposer (à la garde d'un fort)*
1961 COMMISSIONNER
1962 COMMUER

1963 COMMUNIER
1964 COMMUNIQUER *faire part (un projet, un avis)*
1965 COMMUNIQUER *aboutir (la route communique à la ville)*
1966 COMPARAITRE ou COMPAROIR
1967 COMPARER
1968 COMPASSER
1969 COMPATIR
1970 COMPENSER
1971 COMPILER
1972 SE COMPLAIRE
1973 COMPLETER
1974 COMPLIMENTER
1975 COMPLIQUER
1976 COMPLOTER
1977 COMPORTER
1978 SE COMPORTER
1979 COMPOSER *former, créer (un ouvrage)*
1980 COMPOSER *assembler des caractères d'imprimerie*
1981 COMPOSER *transiger*
1982 COMPRENDRE *renfermer (la maison comprend trois chambres)*
1983 COMPRENDRE *saisir par la pensée*
1984 COMPRIMER *presser pour réduire*
1985 COMPRIMER *réprimer*
1986 COMPROMETTRE *nuire, exposer*
1987 COMPROMETTRE *faire un compromis*
1988 COMPTER *calculer*
1989 COMPTER *faire nombre*
1990 COMPTER *se proposer de (faire)*
1991 COMPTER *sur, avoir confiance*
1992 COMPULSER
1993 CONCASSER
1994 CONCEDER
1995 CONCENTRER *rassembler sur un point*
1996 CONCENTRER *réduire (un liquide)*
1997 CONCENTRER *dissimuler (sa colère)*
1998 CONCERNER
1999 CONCERTER
2000 CONCEVOIR *devenir enceinte*
2001 CONCEVOIR *se faire une idée des choses*
2002 CONCEVOIR *inventer un plan*

2003 CONCEVOIR *ressentir (de la joie)*
2004 CONCILIER
2005 SE CONCILIER
2006 CONCLURE *terminer une affaire*
2007 CONCLURE *tirer une conséquence*
2008 CONCORDER
2009 CONCOURIR *coopérer*
2010 CONCOURIR *être en concurrence*
2011 CONDAMNER *prononcer un jugement*
2012 CONDAMNER *désapprouver (une opinion)*
2013 CONDAMNER *déclarer perdu (un malade)*
2014 CONDAMNER *barrer (une porte)*
2015 CONDENSER *rendre plus dense*
2016 CONDENSER *exprimer d'une manière concise*
2017 CONDESCENDRE
2018 CONDITIONNER
2019 CONDUIRE
2020 CONFECTIONNER
2021 CONFEDERER
2022 CONFERER *parler d'une affaire*
2023 CONFERER *donner, accorder (une dignité)*
2024 CONFESSER *entendre une confession*
2025 CONFESSER *faire une confession (avouer)*
2026 CONFIER
2027 CONFIGURER
2028 CONFINER *toucher aux confins*
2029 CONFINER *reléguer (dans un couvent)*
2030 CONFIRE
2031 CONFIRMER *rendre plus certain*
2032 CONFIRMER *donner le sacrement de la confirmation*
2033 CONFISQUER
2034 CONFLUER
2035 CONFONDRE *mêler*
2036 CONFONDRE *prendre une chose pour une autre*
2037 CONFONDRE *couvrir de confusion (un imposteur)*
2038 CONFONDRE *convaincre (un accusé)*
2039 SE CONFONDRE *se troubler*
2040 SE CONFONDRE *en excuses*
2041 CONFORMER
2042 CONFRONTER
2043 CONGEDIER

2044 CONGELER
2045 CONGESTIONNER
2046 CONGLOMERER
2047 CONGLUTINER
2048 CONGRATULER
2049 CONJECTURER
2050 CONJOINDRE
2051 CONJUGUER
2052 CONJURER *prier instamment*
2053 CONJURER *exorciser*
2054 CONJURER *calmer*
2055 CONJURER *comploter*
2056 CONNAITRE
2057 SE CONNAITRE en, SE CONNAITRE à
2058 NE PLUS SE CONNAITRE *être furieux*
2059 CONQUERIR
2060 CONSACRER *dédier à Dieu*
2061 CONSACRER *sanctionner*
2062 CONSACRER *une somme à*
2063 CONSEILLER
2064 CONSENTIR
2065 CONSERVER
2066 CONSIDERER *regarder attentivement*
2067 CONSIDERER *peser (les avantages)*
2068 CONSIDERER *faire cas*
2069 CONSIGNER *déposer*
2070 CONSIGNER *rapporter dans un écrit*
2071 CONSIGNER *(une troupe), l'empêcher de sortir*
2072 CONSISTER
2073 CONSOLER
2074 CONSOLIDER
2075 CONSOLIDER *(en matière de finances)*
2076 CONSOMMER *(un sacrifice)*
2077 CONSOMMER *(des denrées)*
2078 CONSPIRER
2079 CONSPUER
2080 CONSTATER
2081 CONSTERNER
2082 CONSTIPER
2083 CONSTITUER *former l'essence d'une chose*
2084 CONSTITUER *organiser une société*
2085 SE CONSTITUER *prisonnier*
2086 CONSTRUIRE *(une maison)*
2087 CONSTRUIRE *(des phrases)*
2088 CONSULTER *quelqu'un*

2089 CONSULTER *se rendre compte (consulter ses ressources)*
2090 CONSUMER *détruire*
2091 CONSUMER *dépenser entièrement*
2092 CONTAMINER
2093 CONTEMPLER
2094 CONTENIR *comprendre dans sa capacité*
2095 CONTENIR *retenir dans des bornes*
2096 CONTENIR *maintenir dans la soumission*
2097 CONTENTER
2098 CONTER
2099 CONTESTER
2100 CONTINUER
2101 CONTOURNER *donner un contour*
2102 CONTOURNER *faire le tour de*
2103 CONTOURNER *déformer*
2104 CONTRACTER *un engagement*
2105 CONTRACTER *réduire, rétracter*
2106 CONTRACTER *une habitude*
2107 CONTRACTER *une maladie*
2108 CONTRAINDRE
2109 CONTRARIER *s'opposer aux actes*
2110 CONTRARIER *causer du dépit*
2111 CONTRASTER
2112 CONTRE-BALANCER
2113 CONTRE-BOUTER
2114 CONTRE-CARRER
2115 CONTREDIRE
2116 CONTREFAIRE *imiter*
2117 CONTREFAIRE *déguiser sa voix*
2118 COMBATTRE
2119 CONTREMANDER
2120 CONTREMINER
2121 CONTRESIGNER
2122 CONTREVENIR
2123 CONTRIBUER
2124 CONTRISTER
2125 CONTROLER
2126 CONTROUVER
2127 CONTROVERSER
2128 CONTUSIONNER
2129 CONVAINCRE
2130 CONVENIR *d'une chose*
2131 CONVENIR *agréer*
2132 CONVENIR *de*
2133 CONVERGER
2134 CONVERSER
2135 CONVERTIR *une chose*
2136 CONVERTIR *quelqu'un*
2137 CONVIER
2138 CONVOITER

2139 CONVOLER
2140 CONVOQUER
2141 CONVOYER
2142 COOPERER
2143 COORDONNER
2144 COPARTAGER
2145 COPIER *faire une copie*
2146 COPIER *imiter*
2147 COQUETER
2148 CORDER
2149 CORNER
2150 CORNER *publier partout*
2151 CORNER *un livre*
2152 CORNER *bourdonner*
2153 CORRESPONDRE *à, être conforme*
2154 CORRESPONDRE *communiquer*
2155 CORRESPONDRE *par lettre*
2156 CORRIGER *améliorer*
2157 CORRIGER *punir*
2158 CORRIGER *adoucir*
2159 CORROBORER
2160 CORRODER
2161 CORROMPRE *gâter*
2162 CORROMPRE *dépraver*
2163 CORROYER
2164 CORSETER
2165 COSTUMER
2166 COTER *numéroter*
2167 COTER *marquer les prix*
2168 COTER *à la Bourse*
2169 SE COTISER
2170 COTOYER
2171 COUCHER
2172 COUCHER *incliner*
2173 COUCHER *en joue*
2174 COUDER
2175 COUDOYER
2176 COUDRE
2177 COULER
2178 COULER *(une statue)*
2179 COULER *bas*
2180 COULER *des jours heureux*
2181 COULER *glisser*
2182 COULER *la lessive*
2183 COULER *fuir (le vase coule)*
2184 COUPER
2185 COUPER *un vêtement*
2186 COUPER *du vin*
2187 COUPER *être tranchant*
2188 SE COUPER
2189 SE COUPER *se contredire*
2190 COUPLER
2191 COURBATURER
2192 COURIR

2193 COURIR *(par le temps qui court)*
2194 COURIR *(un bruit qui court)*
2195 COURIR *le monde*
2196 COURIR *le cerf*
2197 COURIR *un danger*
2198 COURONNER
2199 COURONNER *un cheval*
2200 COURROUCER
2201 COURTISER
2202 COUTER *(être acheté)*
2203 COUTER *(de la reine)*
2204 COUTURER
2205 COUVER
2206 COUVER *une maladie*
2207 COUVER *se préparer*
2208 COUVER *des yeux*
2209 COUVRIR
2210 COUVRIR *défendre une place*
2211 COUVRIR *une faute*
2212 COUVRIR *une jument*
2213 SE COUVRIR *de gloire*
2214 SE COUVRIR *s'obscurcir*
2215 CRACHER
2216 CRAINDRE
2217 CRAINDRE *vénérer*
2218 CRAMPONNER
2219 SE CRAMPONNER
    CRAQUER
2221 CRAVACHER
2222 CRAVATER
2223 CRAYONNER
2224 CRAYONNER *esquisser*
2225 CREDITER
2226 CREER
2227 CREER *inventer*
2228 CREER *fonder*
2229 CREER *constituer une rente*
2230 CREMER
2231 CRENELER
2232 CRENELER *(de la monnaie)*
2233 CREPER
2234 CREPIR
2235 CREPITER
2236 CREUSER
2237 CREUSER *(un sujet)*
2238 CREVASSER
2239 CREVER
2240 CREVER *percer*
2241 CREVER *mourir*
2242 CREVER *(éclater)*
2243 CREVER *les yeux, être évident*

2244 CRIAILLER
2245 CRIBLER
2246 CRIBLER *(de coups)*
2247 CRIER
2248 CRIER *annoncer*
2249 CRIMINALISER
2250 CRISPER
2251 CRISSER
2252 CRISTALLISER
2253 CRITIQUER
2254 CROASSER
2255 CROCHETER
2256 SE CROCHETER
2257 CROIRE
2258 CROIRE *regarder comme*
2259 SE CROIRE
2260 CROISER
2261 CROISER *la baïonnette*
2262 CROISER *(marine)*
2263 SE CROISER
2264 CROITRE
2265 CROQUER
2266 CROQUER *esquisser*
2267 CROQUER *manger*
2268 CROSSER
2269 CROTTER
2270 CROULER
2271 CROUPIR
2272 CROUPIR *(dans l'ignorance)*
2273 CROUSTILLER
2274 CRUCIFIER
2275 CUBER
2276 CUEILLIR
2277 CUIRASSER
2278 CUIRE
2279 CUIRE *(les yeux me cuisent)*
2280 EN CUIRE *(il vous en cuira)*
2281 CUISINER
2282 CUIVRER
2283 CULBUTER
2284 CULOTTER
2285 CULOTTER *(une pipe)*
2286 CULTIVER *(la terre)*
2287 CULTIVER *(les sciences)*
2288 CUMULER
2289 CURER
2290 CUVELER
2291 CUVER
2292 CUVER *son vin*
2293 CYLINDRER

D

2294 DAGUER
2295 DAGUERREOTYPER
2296 DAIGNER
2297 DALLER
2298 DAMASQUINER
2299 DAMASSER
2300 DAMER *doubler le pion*
2301 DAMER *tasser la terre*
2302 DAMER *le pion, l'emporter sur*
2303 DAMNER
2304 SE DAMNER
2305 SE DANDINER
2306 DANSER
2307 DARDER
2308 DATER
2309 A DATER *de*
2310 DAUBER *railler*
2311 DEBACLER
2312 DEBALLER
2313 DEBANDER
2314 SE DEBANDER
2315 DEBAPTISER
2316 DEBARBOUILLER
2317 DEBARDER
2318 DEBARQUER
2319 DEBARRASSER
2320 DEBARRER
2321 DEBARRICADER
2322 DEBATIR
2323 DEBATER
2324 DEBATTRE *discuter*
2325 SE DEBATTRE
2326 DEBAUCHER *corrompre*
2327 DEBAUCHER *détourner de (des ouvriers)*
2328 DEBILITER *affaiblir*
2329 DEBITER *vendre*
2330 DEBITER *porter un article au débit d'un compte*
2331 DEBITER *réciter*
2332 DEBLATERER
2333 DEBLAYER
2334 DEBLOQUER
2335 DEBOISER
2336 DEBOITER
2337 DEBONDER
2338 DEBONDONNER
2339 DEBORDER
2340 DEBOTTER
2341 DEBOUCHER

2342 DEBOUCHER *se jeter dans un fleuve*
2343 DEBOUCLER
2344 DEBOUQUER
2345 DEBOURBER
2346 DEBOURRER
2347 DEBOURSER
2348 DEBOUTER
2349 DEBOUTONNER
2350 DEBRIDER *une bête de somme*
2351 DEBRIDER *une plaie*
2352 SANS DEBRIDER
2353 DEBROCHER
2354 DEBROUILLER *démêler*
2355 DEBROUILLER *éclaircir(une intrigue)*
2356 SE DEBROUILLER
2357 DEBRUTIR *des glaces, des diamants*
2358 DEBUCHER
2359 DEBUSQUER
2360 DEBATER
2361 DECACHETER
2362 DECAISSER
2363 DECALER
2364 DECALOTTER
2365 DECALQUER
2366 DECAMPER *lever le camp*
2367 DECAMPER *s'enfuir*
2368 DECANTER
2369 DECAPER
2370 DECAPITER
2371 DECARRELER
2372 DECATIR
2373 DECAVER
2374 DECEDER
2375 DECELER
2376 DECENTRALISER
2377 DECERCLER
2378 DECERNER
?   DECEVOIR
2380 DECHAINER
2381 DECHAINER *exciter (les passions)*
2382 SE DECHAINER
2383 DECHANTER
2384 DECHARGER *ôter la charge*
2385 DECHARGER *soulager*
2386 DECHARGER *une arme à feu*
2387 DECHARGER *donner quittance*

2388 DECHARGER *en justice*
2389 DECHARNER *amaigrir*
2390 DECHAUSSER
2391 DECHIFFRER *une dépêche*
2392 DECHIQUETER
2393 DECHIRER
2394 DECHOIR
2395 DECIDER
2396 DECIMER
2397 DECINTRER
2398 DECLAMER
2399 DECLARER
2400 DECLARER *(faire la déclaration, déclarer la guerre)*
2401 DECLASSER
2402 DECLINER *pencher vers sa fin*
2403 DECLINER *s'éloigner de la méridienne*
2404 DECLINER *refuser (un honneur, la compétence d'un tribunal)*
2405 DECLINER *grammaire*
2406 DECLINER *en justice*
2407 DECLINER *se nommer (décliner ses noms et qualités)*
2408 DECLORE
2409 DECLOUER
2410 DECOCHER
2411 DECOIFFER
2412 DECOLLER
2413 DECOLLER *couper le cou*
2414 DECOLLETER
2415 DECOLORER
2416 DECOMMANDER
2417 DECOMPOSER, *séparer en ses éléments, décomposer un acide, l'eau*
2418 DECOMPOSER *corrompre (les viandes)*
2419 DECOMPTER
2420 DECONCERTER
2421 DECONSEILLER
2422 DECONSIDERER
2423 DECONTENANCER
2424 DECORDER
2425 DECORER *orner*
2426 DECORER *donner une décoration*
2427 DECORNER
2428 DECORTIQUER
2429 DECOUCHER
2430 DECOUDRE
2431 EN DECOUDRE
2432 DECOULER *couler peu à peu*
2433 DECOULER *dériver*
2434 DECOUPER
2435 DECOUPLER

2436 DECOURAGER
2437 DECOURONNER
2438 DECOUVRIR *ôter ce qui couvrait*
2439 DECOUVRIR *trouver*
2440 SE DECOUVRIR
2441 SE DECOUVRIR *en escrime*
2442 DECRASSER
2443 DECREPIR
2444 DECRETER
2445 DECRIER
2446 DECRIRE
2447 DECROCHER
2448 DECROISER
2449 DECROITRE
2450 DECROTTER
2451 DECUPLER
2452 DECUVER
2453 DEDAIGNER
2454 DEDIER
2455 SE DEDIRE
2456 DEDOMMAGER
2457 DEDORER
2458 DEDOUBLER
2459 DEDUIRE *rabattre d'une somme*
2460 DEDUIRE *tirer une conséquence*
2461 DEFAILLIR
2462 DEFAIRE *ce qui est fait*
2463 DEFAIRE *mettre en déroute*
2464 DEFAIRE *débarrasser, défaites-moi de cet importun*
2465 SE DEFAIRE *vendre*
2466 DEFALQUER *retrancher*
2467 DEFENDRE *protéger*
2468 DEFENDRE *interdire*
2469 DEFEQUER
2470 DEFERER *décerner (des honneurs)*
2471 DEFERER *en justice*
2472 DEFERER *condescendre (déférer à l'avis de quelqu'un*
2473 DEFERLER
2474 DEFERRER
2475 DEFICELER
2476 DEFIER *provoquer au combat*
2477 DEFIER *braver, affronter*
2478 SE DEFIER *de, se méfier*
2479 DEFIGURER
2480 DEFIGURER *altérer (l'histoire)*
2481 DEFILER
2482 DEFINIR
2483 DEFLEURIR
2484 DEFLORER
2485 DEFONCER *enlever le fond d'une cure*
2486 DEFONCER *une route*

2487 DEFORMER
2488 DEFOURNER
2489 DEFRAICHIR
2490 DEFRAYER
2491 DEFRAYER *defrayer la conver-
sation*
2492 DEFRICHER
2493 DEFRISER
2494 DEFRONCER
2495 DEGAGER *retirer un gage*
2496 DEGAGER *débarrasser*
2497 DEGAGER *produire une émana-
tion*
2498 DEGAINER
2499 DEGANTER
2500 DEGARNIR
2501 DEGAUCHIR
2502 DEGELER
2503 DEGENERER *s'abâtardir*
2504 DEGENERER *changer de nature*
2505 SE DEGINGANDER
2506 DEGOISER
2507 DEGOMMER *ôter la gomme*
2508 DEGOMMER *destituer*
2509 DEGONFLER
2510 DEGORGER
2511 DEGOURDIR
2512 DEGOURDIR *faire chauffer légè-
rement (de l'eau)*
2513 SE DEGOURDIR *se déniaiser*
2514 DEGOUTER
2515 DEGOUTTER
2516 DEGRADER *enlever un grade*
2517 DEGRADER *détériorer*
2518 DEGRADER *avilir (sa conduite
le dégrade)*
2519 DEGRAFER
2520 DEGRAISSER *un bouillon*
2521 DEGRAISSER *nettoyer*
2522 DEGREER
2523 DEGREVER
2524 DEGRINGOLER
2525 DEGRISER
2526 DEGRISER *détruire l'illusion*
2527 DEGROSSIR
2528 DEGROSSIR *civiliser*
2529 DEGUERPIR
2530 FAIRE DEGUERPIR
2531 DEGUISER *changer (sa voix, son
écriture)*
2532 DEGUISER *dissimuler sa pensée*
2533 DEGUSTER
2534 SE DEHANCHER
2535 DEHARNACHER
2536 DEIFIER
2537 SE DEJETER

2538 DEJEUNER *verbe*
2539 DEJOUER
2540 DEJUGER
2541 DELABRER *abîmer, ruiner*
2542 DELACER
2543 DELAISSER *négliger*
2544 DELAISSER *renoncer à*
2545 DELASSER
2546 DELATTER
2547 DELAVER
2548 DELAYER
2549 DELECTER
2550 DELEGUER
2551 DELESTER
2552 DELIBERER
2553 DELIER *ce qui est lié*
2554 DELIER *dégager (d'un serment)*
2555 DELIMITER
2556 DELIRER
2557 DELIVRER *rendre à la liberté*
2558 DELIVRER *remettre un certi-
ficat*
2559 DELOGER
2560 DELUSTRER
2561 DEMAILLOTER
2562 DEMANCHER
2563 DEMANDER
2564 DEMANGER
2565 DEMANTELER
2566 DEMANTIBULER
2567 DEMARQUER
2568 DEMARRER
2569 DEMASQUER
2570 DEMATER
2571 DEMELER
2572 DEMELER *éclaircir*
2573 DEMEMBRER
2574 DEMENAGER
2575 DEMENAGER *déraisonner*
2576 SE DEMENER
2577 DEMENTIR
2578 DEMERITER
2579 DEMETTRE *une jambe*
2580 SE DEMETTRE
2581 SE DEMETTRE *d'un emploi*
2582 DEMEUBLER
2583 DEMEURER *habiter*
2584 DEMEURER *rester*
2585 DEMISSIONNER
2586 DEMOCRATISER
2587 DEMODER
2588 DEMOLIR
2589 DEMONETISER
2590 DEMONETISER *déprécier*
2591 DEMONTER *un cavalier*
2592 DEMONTER *une machine*

2593 DEMONTER *déconcerter*
2594 DEMONTRER
2595 DEMORALISER *corrompre les mœurs*
2596 DEMORALISER *décourager*
2597 DEMORDRE *se départir de*
2598 DEMOUCHETER
2599 DEMOULER
2600 DEMUNIR *enlever les munitions*
2601 SE DEMUNIR *se dessaisir*
2602 DEMURER
2603 DEMUSCLER
2604 SE DENANTIR
2605 DENATIONALISER
2606 DENATURALISER
2607 DENATURER
2608 DENIAISER
2609 DENICHER
2610 DENICHER *découvrir*
2611 DENIER *(une dette)*
2612 DENIGRER
2613 DENOMBRER
2614 DENOMMER
2615 DENONCER *déclarer*
2616 DENONCER *déférer à la justice*
2617 DENOTER
2618 DENOUER *défaire un nœud*
2619 DENOUER *terminer (une intrigue)*
2620 DENTELER
2621 DENUDER
2622 DENUER
2623 DEPAILLER
2624 DEPALISSER
2625 DEPAQUETER
2626 DEPAREILLER
2627 DEPARER
2628 DEPARIER
2629 DEPARQUER
2630 DEPARTAGER
2631 DEPARTIR
2632 SE DEPARTIR
2633 DEPASSER *aller au delà*
2634 DEPASSER *excéder*
2635 DEPAVER
2636 DEPAYSER
2637 DEPECER
2638 DEPECHER *expédier (un courrier)*
2639 DEPECHER *faire promptement (un travail)*
2640 SE DEPECHER *se hâter*
2641 DEPEINDRE
2642 DEPENDRE *(ce qui était pendu)*
2643 DEPENDRE *être sous la dépendance de quelqu'un*

2644 DEPENDRE *résulter*
2645 DEPENSER
2646 DEPENSER *consommer*
2647 DEPERIR
2648 DEPETRER
2649 SE DEPETRER
2650 DEPEUPLER
2651 DEPILER
2652 DEPIQUER *(couture)*
2653 DEPIQUER *(le blé)*
2654 DEPISTER *découvrir à la piste*
2655 DEPISTER *égarer*
2656 DEPITER
2657 SE DEPITER
2658 DEPLACER
2659 DEPLAIRE
2660 DEPLAISE *à n'en*
2661 DEPLAISE *ne vous en*
2662 DEPLANTER
2663 DEPLIER
2664 DEPLISSER
2665 DEPLOMBER
2666 DEPLORER
2667 DEPLOYER *développer (une étoffe)*
2668 DEPLOYER *montrer, étaler son zèle)*
2669 DEPLUMER
2670 DEPOETISER
2671 DEPOLIR
2672 DEPORTER
2673 DEPOSER *(un fardeau, une charge)*
2674 DEPOSER *destituer*
2675 DEPOSER *faire un dépôt*
2676 DEPOSER *faire une déposition*
2677 DEPOSER *former un sédiment (ce vin dépose)*
2678 DEPOSER *déposer son bilan (faire faillite)*
2679 DEPOSSEDER
2680 DEPOTER *une plante*
2681 DEPOTER *un liquide*
2682 DEPOUILLER *enlever la peau d'un animal*
2683 DEPOUILLER *déraliser*
2684 DEPOUILLER *faire le relevé d'un compte*
2685 DEPOURVOIR
2686 DEPRAVER
2687 DEPRIMER
2688 DEPRISER
2689 DEPURER
2690 DEPUTER
2691 DERACINER *un arbre*

2692 DERACINER *faire disparaître (un abus)*
2693 DERAIDIR
2694 DERAILLER
2695 DERAISONNER
2696 DERANGER *ôter une chose de sa place*
2697 DERANGER *altérer la santé*
2698 DERANGER *détourner quelqu'un de ses habitudes, de son devoir*
2699 DERAPER
2700 DEREGLER *déranger*
2701 DERIDER *enlever la rouille*
2702 DERIDER *égayer*
2703 DERIVER *s'éloigner du bord (marine)*
2704 DERIVER *provenir de*
2705 DEROBER *prendre*
2706 DEROBER *les nuages dérobent le soleil aux regards*
2707 SE DEROBER *se soustraire aux poursuites)*
2708 DEROBER *faiblir (ses jambes se dérobent sous lui)*
2709 DEROGER *à une loi*
2710 DEROGER *s'abaisser*
2711 DEROUILLER
2712 DEROULER
2713 DEROUTER
2714 DEROUTER *troubler*
2715 DESABUSER
2716 DESACCORDER
2717 DESACCOUTUMER
2718 DESACHANLANDER
2719 DESAFFECTIONNER
2720 DESAGREGER
2721 DESAJUSTER
2722 DESALTERER
2723 DESAPPAREILLER
2724 DESAPPARIER
2725 DESAPRENDRE
2726 DESAPPROUVER
2727 DESARÇONNER
2728 DESARÇONNER *confondre quelqu'un*
2729 DESARGENTER
2730 DESARMER *enlever les armes*
2731 DESARMER *fléchir la colère*
2732 DESARTICULER
2733 DESASSEMBLER
2734 DESASSORTIR
2735 DESAVANTAGER
2736 DESAVOUER *nier avoir dit*
2737 DESAVOUER *désavouer quelqu'un*
2738 DESCELLER

2739 DESCENDRE *tirer son origine de*
2740 DESCENDRE *à l'hôtel*
2741 DESCENDRE *se transporter (la justice a descendu sur les lieux)*
2742 DESCENDRE *aller de haut en bas*
2743 DESEMBALLER
2744 DESEMBARQUER
2745 DESEMBOURBER
2746 DESEMMANCHER
2747 DESEMPARER
2748 SANS DESEMPARER
2749 DESEMPARER *disloquer*
2750 DESEMPLIR
2751 DESENCHAINER
2752 DESENCHANTER
2753 DESENCLOUER
2754 DESENCOMBRER
2755 DESENFLER
2756 DESENGORGER
2757 DESENNUYER
2758 DESENRAYER
2759 DESENSABLER
2760 DESENSORCELER
2761 DESENTORTILLER
2762 DESENTRAVER
2763 DESERTER
2764 DESESPERER *perdre l'espérance*
2765 DESESPERER *affliger*
2766 DESHABILLER
2767 DESHABITUER
2768 DESHERBER
2769 DESHERITER
2770 DESHONORER
2771 DESIGNER
2772 DESILLUSIONNER
2773 DESINFECTER
2774 DESINTERESSER
2775 SE DESINTERESSER
2776 DESIRER
2777 DESISTER
2778 DESOBEIR
2779 DESOBLIGER
2780 DESOBSTRUER
2781 DESOLER *ravager*
2782 DESOLER *affliger (il me désole)*
2783 DESOPILER
2784 DESORGANISER
2785 DESORIENTER
2786 DESORIENTER *déconcerter*
2787 DESOSSER
2788 DESOXYDER *ou* DESOXIGENER
2789 SE DESSAISIR
2790 DESSALER

2791 DESSANGLER
2792 DESSECHER
2793 DESSELLER
2794 DESSERRER
2795 DESSERTIR
2796 DESSERVIR *une table*
2797 DESSERVIR *être le desservant*
2798 DESSERVIR *nuire à quelqu'un*
2799 DESSILER
2800 DESSINER
2801 SE DESSINER
2802 DESSOUDER
2803 DESTINER
2804 DESTITUER
2805 DESUNIR
2806 DETAILLER *couper en pièces*
2807 DETAILLER *vendre au détail*
2808 DETAILLER *raconter avec détails*
2809 DETALLER
2810 DETEINDRE
2811 DETELER
2812 DETENDRE
2813 DETENIR
2814 DETERGER
2815 DETERIORER
2816 DETERMINER *indiquer une distance*
2817 DETERMINER *faire prendre une résolution*
2818 DETERRER
2819 DETESTER
2820 DETIRER
2821 DETONER
2822 DETONNER
2823 DETORDRE
2824 DETORTILLER
2825 DETOURNER *écarter*
2826 DETOURNER *changer la direction d'un cours d'eau*
2827 DETOURNER *soustraire*
2828 DETOURNER *dissuader*
2829 DETRAQUER
2830 DETRAQUER *troubler l'esprit*
2831 DETREMPER *délayer*
2832 DETREMPER *ôter la trempe de l'acier*
2833 DETROMPER
2834 DETRONER
2835 DETROUSSER *une robe*
2836 DETROUSSER *voler*
2837 DETRUIRE
2838 SE DETRUIRE *(s'anéantir mutuellement)*
2839 SE DETRUIRE *se tuer*
2840 DEVALER

2841 DEVALISER
2842 DEVANCER
2843 DEVANCER *surpasser*
2844 DEVASTER
2845 DEVELOPPER *un paquet*
2846 DEVELOPPER *ouvrir (une carte)*
2847 DEVELOPPER *donner de la force*
2848 DEVELOPPER *expliquer (un sujet)*
2849 DEVENIR
2850 DEVEROUILLER
2851 DEVERSER
2852 SE DEVETIR
2853 DEVIDER
2854 DEVIER
2855 DEVINER
2856 DEVISAGER *défigurer*
2857 DEVISAGER *regarder effrontément*
2858 DEVISER
2859 DEVISSER
2860 DEVOILER
2861 DEVOIR *falloir (il doit le faire)*
2862 DEVOIR *être redevable*
2863 DEVORER
2864 DEVORER *détruire (la flamme dévore tout)*
2865 DEVORER *un livre, lire avec empressement*
2866 DEVORER *des yeux*
2867 DEVORER *dévorer un affront*
2868 DEVORER *dévorer son chagrin*
2869 DEVOUER *consacrer*
2870 DEVOYER
2871 DIAGNOSTIQUER
2872 DIALOGUER
2873 DIAPRER
2874 DICTER
2875 DICTER *inspirer, la sagesse dicte ses paroles*
2876 DICTER *imposer (des lois)*
2877 DIFFAMER
2878 DIFFERENCIER
2879 DIFFERENTIER
2880 DIFFERER *retarder*
2881 DIFFERER *être différent*
2882 DIGERER
2883 DIGERER *souffrir (un affront)*
2884 DILAPIDER
2885 DILATER
2886 DILIGENTER *presser*
2887 DILUER
2888 DIMINUER *amoindrir*
2889 DIMINUER *devenir moindre, la fièvre a diminué*

2890 DINER
2891 DIPLOMER
2892 DIRE
2893 C'EST-A-DIRE
2894 DIRIGER *porter d'un certain côté*
2895 DIRIGER *conduire*
2896 DISCERNER
2897 DISCIPLINER
2898 DISCONTINUER
2899 DISCONVENIR
2900 DISCOURIR
2901 DISCREDITER
2902 DISCULPER
2903 DISCUTER
2904 DISGRACIER
2905 DISJOINDRE
2906 DISLOQUER
2907 DISPARAITRE
2908 DISPENSER *exempter*
2909 DISPENSER *distribuer des se-cours —*
2910 DISPERSER
2911 DISPOSER *arranger*
2912 DISPOSER *préparer*
2913 DISPOSER *mettre à contribu-tion*
2914 SE DISPOSER
2915 DISPUTAILLER
2916 DISPUTER
2917 DISQUALIFIER
2918 DISSEMINER
2919 DISSEQUER
2920 DISSERTER
2921 DISSIMULER
2922 DISSIPER *disperser (le soleil dis-sipe les nuages)*
2923 DISSIPER *chasser (le temps dis-sipe les illusions)*
2924 DISSIPER *gaspiller son temps, sa fortune*
2925 SE DISSIPER
2926 DISSONER
2927 DISSOUDRE
2929 DISSIPER *distraire (la prome-nade dissipe)*
2930 DISTANCER
2931 DISTENDRE
2932 DISTILLER
2933 DISTILLER *verser (au moral, le venin de la calomnie)*
2934 DISTINGUER *discerner*
2935 DISTINGUER *honorer*
2936 SE DISTINGUER
2937 DISTRAIRE *séparer d'un tout*
2938 DISTRAIRE *détourner*

2939 DISTRAIRE *troubler*
2940 DISTRAIRE *amuser*
2941 DISTRIBUER *partager, donner des aumônes*
2942 DISTRIBUER *disposer d'une cer-taine manière (un appartement)*
2943 DIVAGUER
2944 DIVERGER
2945 DIVERSIFIER
2946 DIVERTIR *récréer*
2947 DIVERTIR *soustraire*
2948 DIVINISER
2949 DIVISER *séparer*
2950 DIVISER *faire une division*
2951 DIVISER *désunir*
2952 DIVORCER
2953 DIVULGUER
2954 DOCUMENTER
2955 DODELINER
2956 DOGMATISER
2957 DOMESTIQUER
2958 SE DOMICILIER
2959 DOMINER *exercer la domination*
2960 DOMINER *être la plus grande quantité, (cette couleur do-mine)*
2961 DOMINER *maîtriser (ses pas-sions)*
2962 DOMINER *surplomber*
2963 DOMPTER
2964 DONNER
2965 DONNER *causer (de la peine)*
2966 DONNER *la mort, tuer*
2967 DONNER *la main, participer*
2968 DONNER *la chasse, poursuivre*
2969 DONNER *un coup d'épaule, aider*
2970 DONNER *tête baissée*
2971 DONNER, *être situé (cette fe-nêtre donne sur)*
2972 DONNER *donner dans un piège*
2973 DONNER *sur les doigts, punir*
2974 SE DONNER *pour*
2975 DORER
2976 DORER *la pilule*
2977 DORLOTTER
2978 DORMIR
2979 LAISSER DORMIR
2980 DOSER
2981 DOTER
2982 DOUBLER *porter au double*
2983 DOUBLER *garni d'une doublure un vêtement*
2984 DOUBLER *un rôle au théâtre*
2985 DOUBLER *doubler un cap, le franchir*

2986 DOUCHER
2987 DOUER
2988 DOUTER *être dans le doute*
2989 DOUTER *ne pas avoir confiance (je doute de sa parole)*
2990 NE DOUTER DE RIEN
2991 SE DOUTER *soupçonner*
2992 DRAGUER
2993 DRAINER
2994 DRAMATISER
2995 DRAPER
2996 DRAPER *railler*
2997 SE DRAPER
2998 DRAPER *faire parade de (se draper dans sa dignité)*

2999 DRESSER *lever*
3000 DRESSER *monter un lit, une tente*
3001 DRESSER *garnir un buffet*
3002 DRESSER *rédiger (un acte)*
3003 DRESSER *instruire (un chien)*
3004 DRESSER *disposer (un piège)*
3005 DROGUER
3006 DROGUER *attendre*
3007 DUPER
3008 DURCIR
3009 DURER
3010 DYNAMITER

E

3011 S'EBAHIR
3012 EBARBER
3013 EBAUCHER
3014 S'EBAUDIR
3015 EBENER
3016 EBLOUIR
3017 EBORGNER
3018 S'EBOULER
3019 EBOURGEONNER
3020 EBOURIFFER
3021 EBRANCHER
3022 EBRANLER
3023 EBRANLER *(les convictions)*
3024 S'EBRANLER *se mettre en marche*
3025 EBRECHER
3026 EBROUER
3027 S'EBROUER
3028 EBRUITER
3029 ECACHER
3030 ECAILLER
3031 ECALER
3032 ECARQUILLER
3033 ECARTELER
3034 ECARTER
3035 ECARTER *des cartes*
3036 ECARTER *les soupçons*
3037 ECHAFAUDER
3038 ECHANCRER
3039 ECHANGER
3040 ECHANTILLONNER
3041 ECHANTILLONNER *confronter avec l'étalon*

3042 ECHAPPER
3043 ECHAPPER *de la main*
3044 ECHAPPER *à la mémoire*
3045 L'ECHAPPER *belle*
3046 ECHARDONNER
3047 ECHARNER
3048 ECHARPER
3049 ECHAUDER
3050 ECHAUFFER
3051 ECHAUFFER *constiper*
3052 S'ECHAUFFER *se mettre en colère*
3053 ECHELONNER
3054 ECHENILLER
3055 ECHINER
3056 ECHINER *tuer*
3057 S'ECHINER
3058 ECHOIR
3059 ECHOUER
3060 ECHOUER *ne pas réussir*
3061 S'ECHOUER
3062 ECIMER
3063 ECLABOUSSER
3064 ECLAIRCIR *(une sauce)*
3065 ECLAIRCIR *(les rangs)*
3066 ECLAIRCIR *(une question)*
3067 ECLAIRER
3068 ECLAIRER *instruire*
3069 ECLAIRER *(sa marche)*
3070 ECLATER
3071 ECLATER *(en reproches)*
3072 ECLATER *(se manifester)*
3073 ECLIPSER

3074 ECLIPSER *surpasser*
3075 S'ECLIPSER *s'obscurcir*
3076 ECLISSER
3077 ECLOPER
3078 ECLORE
3079 ECŒURER
3080 ECONDUIRE
3081 ECONOMISER
3082 ECORCER
3083 ECORCHER
3084 ECORCHER *une langue*
3085 ECORCHER *les oreilles*
3086 ECORCHER *(la note d'un voya-geur)*
3087 ECORNER
3088 ECORNER *un livre*
3089 ECORNER *sa fortune*
3090 ECOULER *vendre*
3091 S'ECOULER *couler*
3092 S'ECOULER *(le temps)*
3093 ECOURTER
3094 ECOUTER
3095 ECOUTER *obéir*
3096 ECOUTER *se conformer à*
3097 S'ECOUTER
3098 ECOUVILLONNER
3099 ECRASER
3100 ECRASER *(l'ennemi)*
3101 ECREMER
3102 ECREMER *(prendre le meilleur)*
3103 ECRETER *(un coq)*
3104 ECRETER *(un fort)*
3105 S'ECRIER
3106 ECRIRE
3107 ECROUER
3108 ECROUIR
3109 S'ECROULER
3110 ECULER
3111 ECUMER *(enlever l'écume)*
3112 ECUMER *(se couvrir d'écume)*
3113 ECURER
3114 ECUSSONNER
3115 EDENTER
3116 EDICTER
3117 EDIFIER *construire*
3118 EDIFIER *(par sa conduite)*
3119 EDITER
3120 EDULCORER
3121 EDUQUER
3122 EFAUFILER
3123 EFFARER
3124 EFFACER *surpasser*
3125 S'EFFACER *faire place*
3126 EFFARER
3127 EFFAROUCHER

3128 EFFECTUER
3129 EFFEMINER
3130 EFFEUILLER
3131 EFFILER
3132 EFFILOCHER
3133 EFFLEURER
3134 EFFLEURER *une question*
3135 EFFONDRER
3136 EFFONDRER *(un coffre)*
3137 S'EFFORCER
3138 EFFRAYER
3139 EFFRITER
3140 EGALER
3141 EGALER *rendre égal*
3142 EGALISER
3143 EGALISER *rendre uni*
3144 EGARER
3145 EGAYER
3146 EGORGER
3147 S'EGOSILLER
3148 EGOUTTER
3149 EGRAPPER
3150 EGRATINER
3151 EGRENER
3152 EGRUGER
3153 EGUEULER
3154 EJACULER
3155 ELABORER
3156 ELAGUER
3157 ELAGUER *(d'un ouvrage)*
3158 S'ELANCER
3159 ELARGIR
3160 ELARGIR *(un prisonnier)*
3161 ELECTRISER
3162 ELECTRISER *enthousiasmer*
3163 ELEVER
3164 ELEVER *construire*
3165 ELEVER *un enfant*
3166 ELEVER *la voix*
3167 ELEVER *(son cœur, son esprit)*
3168 ELIDER
3169 S'ELIMER
3170 ELIMINER
3171 ELIRE
3172 ELOIGNER *(quelqu'un)*
3173 ELOIGNER *(une idée)*
3174 ELUCIDER
3175 ELUCUBRER
3176 ELUDER
3177 EMAILLER
3178 EMAILLER *orner*
3179 EMANCIPER
3180 S'EMANCIPER
3181 EMANER
3182 EMARGER

3183 EMBALLER	3238 EMPALER
3184 S'EMBALLER	3239 EMPANACHER
3185 EMBARQUER	3240 EMPAQUETER
3186 EMBARQUER *(dans une affaire)*	3241 S'EMPARER
3187 EMBARRASSER	3242 EMPATER
3188 EMBASTILLER	3243 EMPATER *(une volaille)*
3189 EMBATER	3244 EMPATER *(un tableau)*
3190 EMBAUCHER	3245 EMPAUMER
3191 EMBAUMER	3246 EMPAUMER *quelqu'un*
3192 EMBAUMER *parfumer*	3247 EMPECHER
3193 EMBELLIR	3248 S'EMPECHER *ne pouvoir s'em-*
3194 EMBETER	*pêcher de*
3195 EMBLAVER	3249 EMPENNER
3196 EMBOITER	3250 EMPESER
3197 EMBOITER *le pas*	3251 EMPESTER
3198 EMBOSSER	3252 EMPETRER
3199 EMBOUCHER	3253 EMPIERRER
3200 EMBOURBER	3254 EMPIETER
3201 EMBOUTIR	3255 EMPIFFRER
3202 EMBRANCHER	3256 EMPILER
3203 EMBRASER	3257 EMPIRER
3204 EMBRASSER	3258 EMPLIR
3205 EMBRASSER *ceindre*	3259 EMPLOYER *une chose*
3206 EMBRASSER *une religion*	3260 EMPLOYER *quelqu'un*
3207 EMBRASSER *renfermer*	3261 S'EMPLOYER
3208 EMBRIGADER	3262 S'EMPLOYER *à*
3209 EMBROCHER	3263 EMPLUMER
3210 EMBROUILLER	3264 EMPOCHER
3211 S'EMBROUILLER	3265 EMPOIGNER
3212 S'EMBUSQUER	3266 ECOSSER
3213 EMENDER	3267 COURBER
3214 EMERGER	3268 EMPOISONNER
3215 EMERVEILLER	3269 EMPOISONNER *remplir d'amer-*
3216 EMETTRE *(de la monnaie)*	*tume*
3217 EMETTRE *(un vœu)*	3270 EMPOISONNER *l'esprit*
3218 EMIETTER	3271 EMPOISSER
3219 EMIGRER	3272 EMPOISSONNER
3220 EMINCER	3273 EMPORTER
3221 EMMAGASINER	3274 EMPORTER *(une place forte)*
3222 EMMAILLOTER	3275 EMPORTER *causer la mort*
3223 EMMANCHER	3276 S'EMPORTER
3224 EMMELER	3277 S'EMPORTER *s'emballer*
3225 EMMENAGER	3278 L'EMPORTER *sur*
3226 EMMENER	3279 EMPOTER
3227 EMMIELLER	3280 EMPOURPRER
3228 EMMITOUFFLER	3281 EMPREINDRE
3229 EMONDER	3282 S'EMPRESSER
3230 EMOTIONNER	3283 EMPRISONNER
3231 EMOUCHER	3284 EMPRUNTER
3232 EMOUSSER *(une épée)*	3285 EMPRUNTER *tirer de*
3233 EMOUSSER *(le courage)*	3286 EMPUANTIR
3234 EMOUSTILLER	3287 EMULSIONNER
3235 EMOUVOIR	3288 S'ENAMOURER
3236 EMPAILLER *(une chaise)*	3289 ENCADRER
3237 EMPAILLER *(un animal)*	3290 ENCAGER

3291 ENCAISSER
3292 S'ENCANAILLER
3 S'ENCAPUCHONNER
3294 ENCAQUER
3295 ENCARTER
3296 ENCASTRER
3297 ENCAUSTIQUER
3298 ENCAVER
3299 ENCENSER
3300 ENCENSER *flatter*
3301 ENCHAINER
3302 ENCHAINER *des idées*
3303 ENCHANTER
3304 ENCHANTER *séduire*
3305 ENCHAPER
3306 ENCHAPERONNER
3307 ENCHASSER
3308 ENCHASSER *fixer (un diamant)*
3309 ENCHERIR
3310 ENCHERIR *faire plus*
3311 ENCHEVETRER
3312 ENCHEVETRER *embrouiller*
3313 ENCHIFRENER
3314 ENCLAVER
3315 ENCLORE
3316 ENCLOUER
3317 ENCLOUER *(un canon)*
3318 ENCOCHER
3319 ENCOLLER
3320 ENCOMBRER
3321 ENCOURAGER
3322 ENCOURIR
ENCRASSER
3324 ENCRER
3325 ENCROUTER
3326 S'ENCROUTER
3327 S'ENCROUTER *(persister dans des habitudes)*
3328 ENCUVER
3329 ENDETTER
3330 ENDIGUER
3331 S'ENDIMANCHER
3332 ENDOCTRINER
3333 ENDOLORIR
3334 ENDOMMAGER
3335 ENDORMIR
3336 ENDORMIR *calmer*
3337 ENDORMIR *ennuyer*
3338 ENDORMIR *tromper*
3339 S'ENDORMIR *manquer de vigilance*
3340 ENDOSSER
3341 ENDOSSER *un billet*
3342 ENDUIRE
3343 ENDURCIR

3344 ENDURCIR *rendre insensible*
3345 ENDURER
3346 ENERVER
3347 ENFAITER
3348 ENFANTER
3349 ENFANTER *produire (un projet)*
3350 ENFARINER
3351 ENFERMER
ENFERRER
3353 S'ENFERRER
3354 ENFIEVRER
3355 ENFIEVRER *passionner*
3356 ENFILER
3357 ENFILER *un chemin*
3358 ENFILER *artillerie*
3359 ENFLAMMER
3360 ENFLAMMER *exciter*
3361 ENFLER
3362 ENFLER *augmenter*
3363 ENFLER *exagérer*
3364 ENFONCER
3365 ENFONCER *briser*
3366 ENFONCER *aller au fond*
3367 ENFORCIR
3368 ENFOUIR
3369 ENFOURCHER
3370 ENFOURNER
3371 ENFREINDRE
3372 S'ENFUIR
3373 S'ENFUIR *passer vite*
3374 ENFUMER *noircir*
3375 ENFUMER *(des animaux)*
3376 ENGAGER
3377 ENGAGER *inviter*
3378 ENGAGER *lier, obliger*
3379 ENGAGER *commencer*
3380 S'ENGAGER *s'enrôler*
3381 S'ENGAGER *entrer dans*
3382 ENGAINER
3383 ENGENDRER
3384 ENGERBER
3385 ENGLOBER
3386 ENGLOUTIR
3387 ENGLOUTIR *dissiper*
3388 ENGLUER
3389 ENGONCER
3390 ENGORGER
3391 ENGOUER *obstruer*
3392 S'ENGOUER
3393 ENGOUFFRER
3394 ENGOURDIR
3395 ENGRAISSER *rendre gras*
3396 ENGRAISSER *devenir gras*
3397 ENGRANGER
3398 ENGRAVER

3399 ENGRENER *remplir de grains*	3454 ENTAILLER
3400 ENGRENER *commencer*	3455 ENTAMER
3401 ENGRENER *(mécanique)*	3456 ENTAMER *porter atteinte*
3402 ENGUIRLANDER	3457 ENTAMER *commencer*
3403 ENHARDIR	3458 ENTASSER
3404 ENHARNACHER	3459 ENTENDRE
3405 ENIVRER	3460 ENTENDRE *comprendre*
3406 ENIVRER *enorgueillir*	3461 ENTENDRE *vouloir*
3407 ENJAMBER	3462 S'ENTENDRE *être d'accord*
3408 ENJAMBER *marcher*	3463 S'ENTENDRE *se connaître à*
3409 ENJAMBER *empiéter*	3464 DONNER *à* ENTENDRE
3410 ENJOINDRE	3465 ENTENDRE *raison*
3411 ENJOLER	3466 ENTER
3412 ENJOLIVER	3467 ENTERINER
3413 ENLACER *lacer*	3468 ENTERRER
3414 ENLACER *étreindre*	3469 ENTHOUSIASMER
3415 ENLAIDIR	3470 ENTICHER
3416 ENLEVER *lever*	3471 ENTOILER
3417 ENLEVER *emporter*	3472 ENTONNER *verser*
3418 ENLEVER *ravir*	3473 ENTONNER *commencer*
3419 ENLEVER *surprendre*	3474 ENTORTILLER
3420 S'ENLEVER	3475 ENTOURER *environner*
3421 S'ENLEVER *disparaître*	3476 ENTOURER *combler de*
3422 S'ENLIZER	3477 S'ENTRE ACCUSER
3423 ENLUMINER	3478 S'ENTRE AIDER
3424 ENNOBLIR	3479 S'ENTRE AIMER
3425 ENNUYER	3480 ENTRAINER
3426 ENONCER	3481 ENTRAINER *un cheval*
3427 ENORGUEILLIR	3482 ENTRAINER *occasionner*
3428 S'ENQUERIR	3483 ENTRAINER *convaincre*
3429 S'ENQUETER	3484 ENTRAVER
3430 ENRACINER	3485 ENTRAVER *apporter des obsta-*
3431 ENRAGER	*cles.*
3432 FAIRE ENRAGER	3486 ENTRE-BAILLER
3433 ENRAYER	3487 S'ENTRE-CHOQUER
3434 ENREGIMENTER	3488 ENTRE-COUPER
3435 ENREGISTRER	3489 S'ENTRECROISER
3436 ENRHUMER	3490 S'ENTREDECHIRER
3437 ENRICHIR	3491 S'ENTREDEVORER
3438 ENRICHIR *garnir, orner*	3492 S'ENTREDETRUIRE
3439 ENROLER	3493 S'ENTREGORGER
3440 ENROUER	3494 ENTRELACER
3441 ENRUBANNER	3495 ENTRELARDER
3442 ENSABLER	3496 ENTREMELER
3443 ENSACHER	3497 S'ENTREMETTRE
3444 ENSANGLANTER	3498 S'ENTREPERCER
3445 ENSEIGNER	3499 ENTREPOSER
3446 ENSEIGNER *indiquer*	3500 ENTREPRENDRE
3447 ENSEMENCER	3501 ENTREPRENDRE *s'engager à*
3448 ENSERRER	*faire*
3449 ENSEVELIR	3502 ENTRER
3450 ENSOLEILLER	3503 ENTRER *(en religion)*
3451 ENSORCELER	3504 ENTRER *(au service)*
3452 S'ENSUIVRE	3505 ENTRER *(en matière)*
3453 ENTACHER	3506 ENTRER *en accommodements*

3507 ENTRETENIR *conserver*
3508 ENTRETENIR *fournir*
3509 ENTRETENIR *faire durer*
3510 S'ENTRETENIR *converser*
3511 S'ENTRETUER
3512 ENTREVOIR
3513 ENTREVOIR *prévoir*
3514 ENTROUVRIR
3515 ENUMERER
3516 ENVAHIR
3517 ENVELOPPER
3518 ENVELOPPER *déguiser*
3519 ENVELOPPER *(l'ennemi)*
3520 ENVELOPPER *comprendre dans*
3521 S'ENVELOPPER
3522 ENVENIMER
3523 ENVENIMER *aigrir*
3524 ENVERGUER
3525 ENVIER
3526 ENVIER *désirer*
3527 ENVIRONNER
3528 ENVISAGER
̄AGER *examiner*
3530 ENVOUTER
3531 ENVOYER
3532 ENVOYER *promener*
3533 EPAISSIR
3534 EPANCHER *un liquide*
3535 EPANCHER *son cœur*
3536 S'EPANCHER
3537 EPANDRE
3538 EPANOUIR
3539 EPANOUIR *rendre joyeux*
3540 EPARGNER
3541 EPARGNER *être indulgent*
3542 EPARPILLER
3543 EPATER *briser*
3544 EPATER *étonner*
3545 EPAULER *rompre l'épaule*
3546 EPAULER *appuyer contre l'é-paule*
3457 EPAULER *cacher par un épaule-ment.*
3548 EPAULER *aiaer*
3549 EPELER
3550 EPERONNER
3551 EPERONNER *stimuler*
3552 EPICER
3553 EPIER
3554 EPIER *se former en épi*
3555 EPIERRER
3556 EPILER
3557 EPILOGUER
3558 EPINGLER
3559 EPISSER

3560 EPLUCHER
3561 EPLUCHER *observer minutieu-sement*
3562 EPOINTER
3563 EPONGER
3564 EPOUILLER
3565 EPOUMONNER
3566 EPOUSER
3567 EPOUSER *(un parti)*
3568 EPOUSSETER
3569 EPOUVANTER
3570 S'EPRENDRE
3571 EPROUVER *essayer*
3572 EPROUVER *ressentir*
3573 EPUCER
3574 EPUISER *tarir*
3575 EPUISER *affaiblir*
3576 EPURER
3577 EQUARRIR *(une pierre)*
3578 EQUARRIR *écorcher*
3579 EQUILIBRER
3580 EQUIPER
3581 EQUIVALOIR
3582 EQUIVOQUER
3583 ERAFLER
3584 ERAILLER
3585 ERATER
3586 EREINTER *rompre les reins*
3587 EREINTER *excéder de fatigue*
3588 ERGOTER
3589 ERIGER *élever*
3590 ERIGER *créer*
3591 S'ERIGER *en*
3592 ERRER
3593 ERRER *se tromper*
3594 ESCALADER
3595 ESCAMOTER
3596 ESCAMOTER *dérober*
3597 ESCARMOUCHER
3598 ESCOMPTER *(un effet de com-merce)*
3599 ESCOMPTER *compter sur*
3600 ESCORTER
3601 ESCRIMER
3602 S'ESCRIMER
3603 ESCROQUER
3604 ESPACER
3605 ESPERER
3606 ESPIONNER
3607 ESQUISSER
3608 ESQUIVER
3609 S'ESQUIVER
3610 ESSAIMER
3611 ESSARTER
3612 ESSAYER

3613 ESSORER
3614 ESSOUFFLER
3615 ESSUYER
3616 ESSUYER *subir*
3617 ESSUYER *les larmes, consoler*
3618 ESTAMPER
3619 ESTAMPILLER
3620 ESTER *en justice*
3621 ESTIMER *faire cas*
3622 ESTIMER *déterminer la valeur*
3623 ESTOCADER
3624 ESTOMAQUER
3625 ESTOMPER
3626 ESTRAPADER
3627 ESTROPIER
3628 ESTROPIER *une langue, un mot*
3629 ETABLIR *fixer*
3630 ETABLIR *mettre dans une posi-
tion*
3631 ETABLIR *instituer*
3632 ETABLIR *démontrer*
3633 ETAGER
3634 ETALER
3635 ETALER *déplier*
3636 ETALER *faire montre de*
3637 S'ETALER
3638 S'ETALER *tomber*
3639 ETALONNER
3640 ETAMER
3641 ETAMPER
3642 ETANCHER
3643 ETANCHER *apaiser (la soif)*
3644 ETANÇONNER
3645 ETAYER
3646 ETEINDRE
3647 ETEINDRE *racheter*
3648 S'ETEINDRE *mourir*
3649 ETENDRE
3650 ETENDRE *allonger*
3651 ETENDRE *agrandir*
3652 ETERNISER
3653 ETERNUER
3654 ETETER
3655 ETHERISER
3656 ETINCELER
3657 ETIOLER
3658 ETIQUETER
3659 ETIRER
3660 ETOFFER
3661 S'ETOILER
3662 ETONNER
3663 ETOUFFER *suffoquer*
3664 ETOUFFER *éteindre*
3665 ETOUFFER *contenir*
3666 ETOUFFER *faire cesser*

3667 ETOURDIR
3668 ETOURDIR *fatiguer*
3669 S'ETOURDIR
3670 ETRANGLER
3671 ETRANGLER *serrer*
3672 ETRE
3673 ETRE *à, appartenir*
3674 ETRE *de*
3675 ETRE *(au lit, sur un banc)*
3676 ETREINDRE
3677 ETRENNER
3678 ETRILLER
3679 ETRILLER *malmener*
3680 ETRILLER *prendre trop cher*
3681 ETRIQUER
3682 ETUDIER
3683 S'ETUDIER
3684 ETUVER
3685 EVACUER
3686 EVACUER *abandonner*
3687 S'EVADER
3688 EVALUER
3689 EVANGELISER
3690 S'EVANOUIR
3691 S'EVANOUIR *disparaitre*
3692 EVAPORER
3693 EVASER
3694 EVEILLER
3695 EVEILLER *exciter*
3696 EVENTRER
3697 EVENTER *découvrir*
3698 S'EVENTER
3699 S'EVENTER *se corrompre*
3700 EVENTRER
3701 S'EVERTUER
3702 EVIDER
3703 EVINCER
3704 EVITER
3705 EVOLUER
3706 EVOQUER
3707 EVOQUER *rappeler*
3708 EVOQUER *en justice*
3709 EXAGERER
3710 EXALTER
3711 EXALTER *surexciter*
3712 EXAMINER
3713 EXAMINER *regarder*
3714 EXASPERER
3715 EXAUCER
3716 EXCEDER
3717 EXCEDER *fatiguer*
3718 EXCELLER
3719 EXCEPTER
3720 EXCIPER
3721 EXCITER *animer*

3722 EXCITER *provoquer (la soif)*
3723 S'EXCLAMER
3724 EXCLURE
3725 EXCLURE *être incompatible*
3726 EXCOMMUNIER
3727 EXCORIER
3728 EXCUSER
3729 EXECRER
3730 EXECUTER
3731 EXECUTER *jouer*
3732 EXECUTER *mettre à mort*
3733 S'EXECUTER
3734 EXEMPTER
3735 EXERCER *dresser*
3736 EXERCER *pratiquer*
3737 EXERCER *remplir des fonctions*
3738 EXFOLIER
3739 EXHALER
3740 EXHALER *donner libre cours*
3741 EXHALER *le dernier soupir*
3742 EXHAUSSER
3743 EXHEREDER
3744 EXHIBER
3745 EXHORTER
3746 EXHUMER
3747 EXHUMER *reprendre une affaire*
3748 EXIGER
3749 EXILER
3750 EXISTER *se trouver*
3751 EXISTER *vivre*
3752 IL EXISTE
3753 EXONERER
3754 EXORCISER
3755 EXPATRIER
3756 EXPECTORER
3757 EXPEDIER *envoyer*
3758 EXPEDIER *terminer vite*
3759 EXPEDIER *faire une copie*

3760 EXPEDIER *faire mourir*
3761 EXPERIMENTER
3762 EXPERTISER
3763 EXPIER
3764 EXPIRER
3765 EXPIRER *prendre fin*
3766 EXPIRER *rendre l'air, expiré*
3767 EXPLIQUER
3768 EXPLIQUER *développer*
3769 EXPLIQUER *traduire*
3770 S'EXPLIQUER *avec quelqu'un*
3771 EXPLOITER
3772 EXPLOITER *abuser de*
3773 EXPLORER
3774 EXPORTER
3775 EXPOSER
3776 EXPOSER *expliquer*
3777 EXPOSER *(sa vie)*
3778 EXPOSER *abandonner (un enfant)*
3779 S'EXPOSER
3780 EXPRIMER *extraire*
3781 EXPRIMER *manifester sa pensée*
3782 S'EXPRIMER
3783 EXPROPRIER
3784 EXPULSER
3785 EXPURGER
3786 S'EXTASIER
3787 EXTENUER
3788 EXTERMINER
3789 EXTIRPER
3790 EXTORQUER
3791 EXTRADER
3792 EXTRAIRE
3793 EXTRAVAGUER
3794 EXTRAVASER
3795 EXULCERER
3796 EXULTER

F

3797 FABRIQUER
3798 FABRIQUER *inventer*
3799 FACHER
3800 FACILITER
3801 FAÇONNER *(un objet)*
3802 FAÇONNER *(former l'esprit)*
3803 FACTURER
3804 FAGOTER *mettre en fagots*

3805 FAGOTER *mal arranger*
3806 FAIBLIR
3807 FAILLIR *faire une faute*
3808 FAILLIR *manquer (le cœur lui a
failli)*
3809 FAILLIR *faire faillite*
3810 FAILLIR *être sur le point de
(j'ai failli)*

3811 FAINEANTER
3812 FAIRE *créer former (matériellement)*
3813 FAIRE *au moral (faire du bien, du mal, son devoir)*
3814 FAIRE *arranger (le lit, la chambre)*
3815 FAIRE *représenter, faire un personnage*
3816 FAIRE *égaler (2 et 2 font 4)*
3817 FAIRE *nommer, élire (faire roi)*
3818 FAIRE *confectionner (une lettre, un livre)*
3819 FAIRE *faire son chemin*
3820 FAIRE *laisser faire*
3821 FAIRE *forcer à (faire taire, faire travailler)*
3822 NE FAIRE QUE *(continuellement)*
3823 NE FAIRE QUE DE *(arriver, arriver à peine)*
3824 FAIRE *il fait, il est (nuit, beau, bon)*
3825 SE FAIRE *à*
3826 AVOIR FORT A FAIRE
3827 SE FAISANDER
3828 FALLOIR *devoir*
3829 FALLOIR *manquer (il s'en faut de beaucoup que)*
3830 FALLOIR *peu s'en faut*
3831 FALLOIR *avoir besoin (il me faut 200 francs)*
3832 FALSIFIER
3833 FAMILIARISER
3834 FANATISER
3835 FANER *(l'herbe d'un pré)*
3836 FANER *flétrir*
CIR
3838 FASCINER
3839 FATIGUER
3840 FATIGUER *importuner*
3841 FAUCHER
3842 FAUFILER
3843 SE FAUFILER *se glisser*
3844 FAUSSER
3845 FAUSSER *tordre une clef, un levier*
3846 FAUSSER *fausser compagnie*
3847 FAVORISER
3848 FAVORISER *aider (favoriser la fuite)*
3849 FECONDER
3850 FEDERALISER *fédérer*
3851 FEINDRE
3852 FELER
3853 FELICITER

3854 SE FELICITER *de*
3855 FEMINISER
3856 SE FENDILLER
3857 FENDRE
3858 FENDRE *fendre le cœur*
3859 FENDRE *fendre la tête (incommoder)*
3860 FENDRE *fendre les flots*
3861 FENDRE *fendre la foule*
3862 SE FENDRE *escrime*
3863 SANS COUP FERIR
3864 FERLER
3865 FERMENTER
3866 FERMER
3867 FERMER *la marche*
3868 FERRAILLER *s'escrimer*
3869 FERRER
3870 FERRER *ferrer à glace*
3871 FERTILISER
3872 FESSER
3873 FESTINER
3874 FESTONNER
3875 FESTOYER
3876 FETER *célébrer une fête*
3877 FETER *fêter quelqu'un (le bien accueillir)*
3878 FEVILLER
3879 FIANCER
3880 FICELER
3881 FICHER
3882 FIEFFER
3883 FIENTER
3884 SE FIER *à,*
3885 FIGER *se figer*
3886 FIGNOLER
3887 FIGURER *représenter*
3888 FIGURER *faire figure (à la cour)*
3889 SE FIGURER *croire*
3890 FILER *mettre en fil*
3891 FILER *un son*
3892 FILER *marine (filer 12 nœuds)*
3893 FILER *couler lentement*
3894 FILER *(la lampe file)*
3895 FILER DOUX
3896 FILER *un mauvais coton*
3897 FILETER
3898 FILOUTER
3899 FILTRER
3900 FINASSER
3901 FINIR *être terminé, finir en pointe*
3902 FINIR *mourir*
3903 FINIR *achever, un travail*
3904 FIXER *rendre fixe*
3905 FIXER *assurer, déterminer (un prix, un choix)*

3906 FIXER *l'attention*
3907 FLAGELLER
3908 FLAGELLER *infliger un blâme*
3909 FLAGEOLER
3910 FLAGORNER
3911 FLAIRER
3912 FLAIRER *prévoir*
3913 FLAMBER *passer au feu*
3914 FLAMBER *jeter de la flamme*
3915 FLAMBOYER
3916 FLANER
3917 FLANQUER *fortification*
3918 FLANQUER *un soufflet*
3919 FLANQUER *à la porte*
3920 FLECHIR *ployer*
3921 FLECHIR *attendrir*
3922 FLETRIR *passer, ôter l'éclat*
3923 FLETRIR *altérer (l'abus des plaisirs flétrit la jeunesse)*
3924 FLETRIR *déshonorer (une réputation)*
3925 FLEURDELISER
3926 FLEURER
3927 FLEURIR *avoir des fleurs*
3928 FLEURIR *orner de fleurs*
3930 FLEURIR *prospérer*
3931 FLIBUSTER
3932 FLIRTER
3933 FLOTTER
3934 FLOTTER *tomber en ondoyant (ses cheveux flottent)*
3935 FLOTTER *être irrésolu*
3936 FLOUER
3937 FLUER
3938 FOISONNER *abonder*
3939 FOISONNER *se multiplier, (les lapins foisonnent beaucoup)*
3940 FOLATRER
3941 FOMENTER *appliquer un médicament chaud*
3942 FOMENTER *exciter*
3943 FONCER *mettre un fond à un tonneau*
3944 FONCER *charger en couleur*
3945 FONCER *sur*
3946 FONCTIONNER
3947 FONDER *établir des fondements*
3948 FONDER *créer*
3949 SE FONDER
3950 FONDRE
3951 FONDRE *en larmes*
3952 FONDRE *sur quelqu'un, l'attaquer*
3953 SE FONDRE
3954 FORCER *rompre*
3955 FORCER *fausser (une clef)*

3956 FORCER *prendre par la force (des retranchements)*
3957 FORCER *contraindre*
3958 FORCER *la main*
3959 FORCER *le pas — — — —*
3960 FORCER *un cheval*
3961 FORCER *un cerf*
3962 FORCLORE
3963 FORER
3964 FORFAIRE
3965 FORGER
3966 FORGETER
3967 SE FORMALISER
3968 FORMER
3969 FORMER *exercer*
3970 FORMER *concevoir (un projet)*
3971 FORMULER
3972 FORNIQUER
3973 FORTIFIER
3974 FORTIFIER *affermir moralement*
3975 FORTIFIER *corroborer*
3976 FOSSOYER
3977 FOUAILLER
3978 FOUDROYER
3979 FOUETTER
3980 FOUILLER
3981 FOUIR *creuser*
3982 FOULER *presser*
3983 FOULER *du drap*
3984 FOULER *aux pieds*
3985 SE FOULER *le pied*
3986 FOURBIR
3987 FOURCHER
3988 FOURCHER *la langue lui a fourché*
3989 FOURGONNER
3990 FOURMILLER
3991 FOURMILLER *picoter*
3992 FOURNIR *pourvoir*
3993 FOURNIR *procurer des renseignements*
3994 FOURNIR *fournir une longue carrière*
3995 FOURRER *fourrure*
3996 FOURRER *faire entrer, introduire*
3997 FRACASSER
3998 FRACTIONNER
3999 FRACTURER
4000 FRAGMENTER
4001 FRANCHIR
4002 FRANCHIR *sauter par dessus*
4003 FRANCHIR *traverser (les Alpes)*
4004 FRANCHIR *surmonter (les obstacles)*

4005 FRANCISER
4006 FRANGER
4007 FRAPPER
4008 FRAPPER *monnaie*
4009 FRAPPER *frapper l'imagination*
4010 FRAPPER *frapper un grand coup*
4011 FRAPPER *frapper d'un droit*
4012 FRAPPER *frapper de l'eau*
4013 FRAPPER *frapper la vue, l'oreille*
4014 FRAUDER
4015 FRAYER *frayer (un sentier)*
4016 FRAYER *les poissons*
4017 FRAYER *se convenir*
4018 FREDONNER
4019 FRELATER
4020 FREMIR
4021 FREMIR *feuilles*
4022 FREMIR *eau*
4023 FREQUENTER
4024 FRETER
4025 FRETILLER
4026 FRETTER
4027 FRICASSER
4028 FRICOTER
4029 FRICTIONNER
4030 FRIPER
4031 FRIPONNER
4032 FRIRE
4033 FRISER *mettre en boucles*
4034 FRISER *raser, effleurer, (la balle lui a frisé la figure)*
4035 FRISER *être près d'atteindre (friser la quarantaine)*
4036 FRISER *frisotter*

4037 FRISONNER *avoir le frisson*
4038 FRISONNER *être ému (d'horreur)*
4039 FROIDIR
4040 FROISSER *(un membre)*
4041 FROISSER *chiffonner*
4042 FROISSER *choquer*
4043 FROLER
4044 FRONDER *blâmer*
4045 FROTTER
4046 FRUCTIFIER *rapporter du fruit*
4047 FRUCTIFIER *produire un résultat avantageux (son argent a fructifié)*
4048 FRUSTRER
4049 FUIR
4050 FUIR *laisser échapper (le tonneau fuit)*
4051 FULMINER *faire explosion*
4052 FULMINER *s'emporter contre quelqu'un*
4053 FULMINER *lancer une sentence d'excommunication*
4054 FUMER *jeter de la fumée*
4055 FUMER *du tabac*
4056 FUMER *un champ*
4057 FUMER *un jambon*
4058 FUMIGER
4059 FURETER *chasser au furet*
4060 FURETER *chercher avec soin*
4061 FUSER
4062 FUSILLER
4063 FUSIONNER
4064 FUSTIGER

G

4065 GABIONNER
4066 GACHER *délayer du plâtre*
4067 GACHER *faire sans soin*
4068 GAGER *parier*
4069 GAGER *donner des salaires*
4070 GAGNER *faire un gain*
4071 GAGNER *remporter (un prix)*
4072 GAGNER *corrompre (des témoins)*
4073 GAGNER *atteindre (la frontière)*
4074 GAGNER *attraper (une maladie)*
4075 GALONNER
4076 GALOPER

4077 GALVANISER *soumettre à la pile*
4078 GALVANISER *galvaniser le fer*
4079 GALVANISER *rendre l'énergie*
4080 GALVAUDER
4081 GAMBADER
4082 GAMBILLER
4083 GAMINER
4084 GANGRENER
4085 GANTER
4086 GARANTIR *répondre pour*
4087 GARANTIR *affirmer*
4088 GARANTIR *préserver*

Paris — Imp.-Maréchal et Montorier, 16, passage des Petites-Écuries.